www.tredition.de

AF198093

Michael Grauer-Brecht

SternenMensch

Geschichten aus einer versunkenen Zukunft

Anhang:
Meditationen und Übungen zur Bewusstseinsbildung

www.tredition.de

© 2017 Michael Grauer-Brecht
Lektorat, Korrektorat: Dr. Matthias Feldbaum

Herausgeber: ELYAH Team e.V.
Weitere Informationen unter www.elyah.net

Verlag und Druck: tredition GmbH
Grindelallee 188, 20144 Hamburg

ISBN
Paperback: 978-3-7439-4064-2
E-Book: 978-3-7439-4066-6

Bibliografische Information der Deutschen Nationalbibliothek: Die Deutsche Nationalbibliothek verzeichnet diese Publikation in der Deutschen Nationalbibliografie; detaillierte bibliografische Daten sind im Internet über http://dnb.d-nb.de abrufbar.

Vorwort

Liebe Leserinnen lieber Leser,

jedes Buch, jedes literarische Werk, sollte ein Vorwort besitzen!

Ich selbst halte mich nicht für einen geübten Schreiber, doch Menschen, die mir sehr am Herzen liegen, legten mir nahe ein Vorwort zu verfassen. Hier ist es!

Der Ihnen vorliegende Roman entstand in Bernolsheim in Frankreich unter Mithilfe von lieben Menschen. Er beschreibt in bildgewaltiger Sprache das Leben verschiedener Menschen, die schicksalhaft miteinander verknüpft sind. Die Protagonisten des Romans begegnen sich nach dem Fall durch ein dimensionales Portal in Atlantis. Dort erleben sie Abenteuer, Intrigen, und die Erweiterung und Veränderung ihrer Gedanken und Gefühlswelten.

Atlantis ist ein Mythos, doch für einige von uns ist Atlantis auch eine gefühlte Realität. Lassen Sie sich entführen in eine Welt, in der sich Fiktion und emotionale und faktische Realitäten vermischen.

Ich wünsche ihnen viel Freude beim Entdecken dieser Neuen Welt und beim Lesen des Ihnen nun vorliegenden Romans.

Ach so, noch etwas …

Natürlich sollte jedes Buch auch eine Widmung enthalten. Diese möchte ich zu guter Letzt anfügen. Ich widme dieses Buch meinem guten Freund René Hartmann, der uns in seiner französischen Gastfreundschaft sein Haus als Domizil zur Verfügung gestellt hat. Ebenso ist dieses Buch meiner guten Freundin Karin Löffler und meinem lieben Freund Michael Müller gewidmet, die in unzähligen Stunden Texte geschrieben, korrigiert und mir ihr Nervenkostüm zur Verfügung gestellt haben. Natürlich widme ich dieses Buch auch meinem Mann Helmut, denn während ich in atlantische Welten abtauchen durfte, hielt er unsere reale Welt in Stuttgart aufrecht.

… Last but not least widme ich dieses Buch Ihnen, den Lesern. Obwohl dieses Buch ein Roman ist, finden sie vielleicht Antworten auf Fragen, die Sie sich schon immer gestellt haben! Ist Atlantis vielleicht auch in Ihnen?

Herzlichst
Michael Grauer-Brecht, Bernolsheim, im April 2017

Prolog

Kapitel 1: STAN

Drückend, nahezu bedrückend. Wie ein schweres, nasses Tuch hing die Sommerhitze des Junis über der Stadt. London, ein Moloch, viele Kulturen, viele Menschen, ein unüberschaubares Wirrwarr, Fußgänger, Touristen und Verkehr und dann diese Hitze.

Tief in Gedanken ging Stan die Westminster Bridge entlang und sah vor sich, wie eine mächtige Trutzburg, die Houses of Parliament. Dort war sein Ziel: eine kleine Kanzlei eines befreundeten Rechtsanwalts.

So drückend wie die Hitze waren seine Gedanken.

Schon wieder etwas vorüber, was doch so vielversprechend begonnen hatte. Schon wieder etwas vorbei, was doch endgültig sein sollte, unendlich, weit. 15 Jahre ist es nun her als sie an einem grauen Novembertag wie ein begossener Pudel vor seinem Haus stand. „Dürfte ich einmal bei ihnen telefonieren? Mein Auto ist liegen geblieben und ich bin auf dem Weg nach Cardiff", sagte sie. Wie ein verwildertes Kätzchen wirkte sie mit ihrem nassen braunen Haar und einer viel zu großen Vintage-Jacke, die ihrer exzellenten Figur nicht wirklich schmeichelte.

„Na klar können sie telefonieren", und er bat sie hinein.

Der Beginn einer großen Liebe, die mit Leidenschaft erschuf, was Leiden schafft. Meinungen, Vorstellungen, alles traf hier aufeinander, unterschiedliche Lebenswege, die sich wie in einem Reagenzglas der Existenz wie zwei feindliche Chemikalien vermischten, ohne dass die Reaktion nur im Geringsten erahnt werden konnte.

Das alles war vorüber.

Und Stan erreichte schlurfenden Schrittes die Rechtsanwaltskanzlei. Er schwitzte in seinem Sakko und er wusste nicht wirklich, war es die Hitze oder war es die Aufregung.

Sie hatte den Scheidungsantrag eingereicht und er hatte nun die Papiere zu unterzeichnen. Somit konnte diese Ehe wieder beendet werden. Ein altes Kapitel im Buch des Lebens hat seinen Abschluss gefunden.

Wie eingehüllt in seine Gedanken tat er, was der Anwalt verlangte. Er unterzeichnete einen Stapel Papiere, ohne wirklich zu wissen, was er dort unterschrieb. Es hätte ein Kaufvertrag für ein Haus sein können, für ein Auto oder auch sein eigenes Todesurteil, denn so fühlte sich Stan an diesem Tag.

„Brauchen sie noch einen Termin", fragte freundlich die Gehilfin des Rechtsanwaltes, „um die Urkunde der Scheidung abzuholen?", doch Stan hörte das nicht mehr. Fluchtartig verließ er die Kanzlei und bahnte sich seinen Weg durch die viel zu volle Stadt mit all ihrer Hektik und ihrer Lautstärke direkt hin zur Victoria Station.

Gerade begann der Feierabendverkehr und tausende Menschen drängten sich auf den Bahnsteigen und in den Wartehallen des Bahnhofs.

Was mache ich hier, was tue ich? Egal, nur weg. Weg von diesem Leben, weg von dieser Liebe, die wie eine glühende Kohle in seinem Herzen brannte und die jeden Schriftzug der Unterzeichnung der Papiere sich anfühlen ließ in seinem Inneren wie ein Brennen mit einem glühenden Eisen. Weg!

Er bestieg einen Regionalzug, das Ziel war ihm egal. Da er sich im Besitz einer Netzkarte befand, brauchte er nicht einmal eine Fahrkarte zu lösen. Und so saß er im Zug und das Rattern der Räder über die Gleise war für ihn wie eine sanfte Melodie, die ihn monoton und sanft langsam beruhigte. Weit weg, das waren seine Gedanken. Fliehen, entfliehen vor der Grausamkeit und der Realität seiner Situation. Das Ziel, egal.

Die Melodie des Zuges war einschläfernd. Und auf seinem komfortablen Sitz nickte er ein. Angenehm kühl war es in diesem Abteil, denn die Klimaanlage leistete ihr Äußerstes.

Und er fiel in einen tiefen Schlaf. Doch die Aufgewühltheit seines Gehirns ließ ihn in einen Traum verfallen.

Er träumte sich zurück in die Tage seiner Kindheit, die er am Rande der schottischen Highlands bei seiner Großmutter verbrachte. Gwendolyn, eine alte Irin, die als junges Mädchen nach England kam, um ihrer großen Liebe zu folgen. Gwendolyn hatte es nicht leicht als Irin in England, zumal sie eine Katholikin war und in eine strenggläubig anglikanische Familie eingeheiratet hatte. Gwendy, wie Stan sie nannte, war eine Frau von großer Herzenskraft und Güte. Die Menschen im Dorf machten immer wieder einen Bogen um Gwendy, denn für Fremde erschien sie seltsam, unnahbar und doch freundlich. Mit ihren smaragdgrünen Augen, die leuchteten, wie alle Wiesen Irlands zusammen schien sie den Menschen direkt in die Seele zu blicken und davor fürchten sich die Menschen sehr.

Er sah sich als kleiner Junge von acht Jahren in Gwendys Haus. Eine große, wild wuchernde Kletterrose hatte die Hälfte des alten schottischen Cottage schon eingenommen und die Rosen blühten gelb. Er befand sich im Frühsommer seines achten Lebensjahres. Er sah die blühenden Rosen und er sah Gwendy in der Küche. Ihre Erdbeermarmelade war das Beste, was er je gegessen hatte und in seinem Traum konnte er den Duft der kochenden Konfitüre förmlich riechen.

Eine wohlige Ruhe und Wärme breitete sich in ihm aus und er bemerkte, wie Gwendy ihn ansah.

„Torlington", quäkte es aus dem Lautsprecher und er wurde aus seiner Kindheit gerissen. Der Traum war vorüber, der Duft nach Erdbeerkonfitüre war verflogen. Torlington, ein kleines verschlafenes Nest in der Grafschaft Kent.

So lange habe ich geschlafen, dachte er. Er stand auf und verließ den Zug. Er kannte Torlington. Hier hatten sie ihre Flitterwochen verbracht.

Wie die Perlen an einem Rosenkranz gehe ich die Stationen meines Lebens nach, dacht er. Und etwas amüsiert: Warum quäle ich mich selbst? Er ging durch das kleine Dorf und sah am Rande des Dorfes den alten Herrensitz, den das English Heritage zu einem komfortablen Hotel umbauen ließ. Geradewegs dort ging er hin und buchte sich ein.

Der kauzige alte Hotelier erkannte ihn wieder und erkundigte sich nach dem Befinden seiner Frau. Stan hörte sich lügen, als er sagte, sie sei unlängst verstorben. Doch irgendwie stimmte das auch für ihn. Denn etwas in ihm war gestorben.

Er bekam ein schönes und ruhiges Zimmer mit Blick auf den See.

Hier ist ein guter Ort um meinen Gedanken nach zu gehen, dachte er.

Er ging dort zu einer Autovermietung und mietete sich einen Wagen, um in die nächste Stadt zu fahren und das Notwendigste für sich einzukaufen: Kleidung, Toilettenartikel, usw. Dann griff er zu seinem Mobiltelefon und rief seinen Chef an.

Stan arbeitete als Prokurist in einer Außenhandelsfirma und war verantwortlich für die Auslieferungen und das Importieren von Zubehörteilen in der Autoindustrie. Er erzählte dem Chef etwas von unerklärlichen Symptomen einer drohenden ernst zu nehmenden Krankheit und dass er sich zu weiterführenden medizinischen Untersuchungen nach Mittelengland begeben hätte und auf absehbare Zeit nicht an seinen Arbeitsplatz zurückkehren würde.

Zufrieden und mit Taschen voller Kleidung und notwendigen Dingen fuhr er wieder zum Hotel. Als dieses vor ihm auftauchte, kam es ihm vor wie ein Ort des Schutzes, wie eine Trutzburg. Nach einem kleinen Abendessen und einigen Gläsern uralten Single Malts hatte er die nötige Bettschwere erreicht und wünschte sich in das Land seiner Träume zurück, in das Land seiner Kindheit, in dem ihn Gwendy wie eine liebevolle Führerin durch unbekannte Gefilde begleitet hatte.

Kapitel 2: GWENDY

„Gwendy, Gwendy, wo bist du denn?" Lachend und fröhlich schallten Mädchenstimmen durch das Haus.

„Ich komme sofort!Ich kann den Knüpfhaken für meine Schuhe nicht finden."

„Ach du unordentliches Mädchen", tadelt liebevoll eine Stimme aus der Küche. „Du hast ihn in die linke Schublade deiner Schlafzimmerkommode gelegt!"

„Ich habe ihn!".

„Beeile dich", rief eine Mädchenstimme aus dem Salon, wir kommen sonst zu spät und du weißt doch, dass Father O'Leary immer grimmig wird, wenn wir zu spät kommen."

Ein herrlicher Frühlingstag. Es war Fronleichnam und die ganze Gemeinde war auf den Beinen. Schon am frühen Morgen wurden Frühlingsblüten in bunten Teppichen auf die Straße gelegt. Fronleichnam, welch ein großes Fest! Der Leib Christi wird durch das Dorf getragen und die Felder und Gärten werden gesegnet.

Es war der Beginn des Sommers, der Wärme, der heiteren Spiele und der schönen Abende in den Gärten und den Parks.

Wie jedes Jahr freute sich Gwendy auf dieses Fest, ein Fest, das sie teilen durfte mit vielen anderen in ihrer kleinen Stadt in Nordirland. Diese Stadt hatte nichts von der Unruhe der Stadt Belfast. Diese kleine Stadt war beschaulich. Jeder kannte jeden und die Feste der Kirche bestimmten den Jahreskreis und das Leben seiner Einwohner. Alles hatte seine fest gefügte Ordnung. Doch nicht ganz.

Fronleichnam, dieses große Fest, war der offizielle Anlass, doch es war ein Frühlingsfest der Großen Göttin, der großen Mutter allen Lebens. Und die weibliche Linie ihrer Familie war seit Jahrhunderten eine Verehrerin der Großen Mutter.

Ihre Großmutter erzählte Gwendy oft von den alten Zeiten, als die Söhne und Töchter des gekreuzigten Zimmermanns aus Israel in das Land kamen. Gwendy hat gerne diese Geschichten ihrer Oma gehört und tief in ihrem Herzen wusste sie, dass die Große Göttin nur ihr Kleid und ihren Namen gewechselt hatte und als Maria in der Kirche verehrt wurde. Die Mutter Gottes war für Gwendy selbst eine Göttin, sie war das Leben selbst, der Ursprung allen Lebens und Gwendy lächelte vergnügt in sich hinein, als sie daran dachte, dass Father O'Leary eigentlich der Großen Göttin dient, wenn er voller Inbrunst und mit viel Pathos Marien-Hymnen anstimmte.

Gwendy war eine Wissende, und an diesem Fronleichnamstag ihres vierzehnten Lebensjahres war der Tag ihrer Einweihung gekommen. Heute, an diesem Fronleichnamstag wollte sie ihr Leben ganz der Großen Göttin weihen.

Sie war von ihrer Mutter und ihrer Großmutter auf diesen Tag vorbereitet worden, wie schon ihre drei Schwestern vor ihr. Sie war die Jüngste. Und Margret, die Älteste, hatte schon vor zwei Jahren das Haus verlassen und war zu ihrer großen Liebe nach Cork gezogen und hatte dort eine eigene Familie gegründet. Schon bald kam Nathalie, ihre Tochter, zur Welt und die Freude unter den Frauen ihrer Familie war groß, denn alle wussten, die Große Göttin hat die Familie mit einem neuen Mädchen gesegnet und die Linie der Wissenden wird so nicht unterbrochen werden.

Hastig ging die Familie zur Kirche. Dort hatte sich schon eine große Menge versammelt und Father O'Leary stand in prächtigen Messgewändern vor der Kirche.

„Da seid ihr ja endlich", schalt sie lächelnd und herzlich eine Männerstimme und Gwen sah das Gesicht ihres Vaters, der keck aus dem Kirchenchor hervorlugte.

Father O'Leary ging in die Kirche und dramatisch donnernd stimmte die Orgel das alte Lied *Tantum Ergo Sacramentum* an. Father O'Leary trat vor die Tür der Kirche mit einer goldenen Monstranz und der Zug setzte sich in Bewegung.

Gwen konnte kaum einen klaren Gedanken fassen. Für sie war das nur eine Einleitung.

Sicherlich ist die Verehrung des männlichen Aspektes wichtig, aber alles Leben kommt aus IHR. Das männliche Prinzip, eine unumstößliche Notwendigkeit, ein kurzer Moment des Zusammentreffens, doch SIE ist das wahre Zelt, der Ort des Schutzes, der Reifung und des Neubeginns.

Und so sang Gwen mit und verehrte den Moment der Zeugung des Neuen. Gott selbst begegnet im Sakrament den Feldern, den Gärten und all den Menschen dieser Stadt. Und sie freute sich darüber. Dies war die Nacht der Nächte, das wusste sie. Und sie spürte in sich eine innere Aufregung aufsteigen, ein Gemisch aus Vorfreude und Angst. Das Mädchen wird zur Frau und die Göttin selbst führt sie in die Mysterien ihrer Weiblichkeit ein.

Nein, keine Schwermut überkam sie, sondern eher eine freudige Erregung, etwas Neues! Und die Schuhe ihrer Kindertage – ihnen war sie entwachsen. All das waren ihre Gedanken auf dem Weg der Fronleichnamsprozession des Jahres 1937, doch der Abend sollte kommen.

Kapitel 3: JULIA

Lange Schatten warf das Kerzenlicht. Julia blickte gebannt auf den mit schwerem, rotem Samt bespannten Tisch, auf dem die Karten lagen. Was für eine Nacht!

Aus der Ferne hörte sie lautes Stimmengewirr. Es war eine Nacht des Feierns und überall im Stadtteil Soho fanden in dieser Nacht wilde Halloweenpartys statt. Doch ohne sie.

Das Kerzenlicht flackerte und sie saß in der Wohnung bei diesem Medium, das ihr eine Freundin empfohlen hatte und sie sagte, es muss in der Halloweennacht sein, denn dann sind die Geister besonders gesprächig.

Julia sah der alten Frau ins Gesicht. Diese alte Dame bestach durch ihre grünen Augen, die Julia komplett in den Bann zu ziehen schienen. Julia fühlte sich gebunden an die Macht der Karten und die alte Frau schien sie förmlich an die Mysterien des geheimen Tarots zu fesseln.

„Dies ist nicht dein Ort", sagte das Medium, „und die Karten zeigen, dass du auf eine Reise gehen wirst, eine Reise in ein für dich unbekanntes Land".

„Ist das ein neues Engagement?", fragte Julia ängstlich.

„Gehe nach Bristol, dort wird etwas Neues dich finden."

Julia spürte wie ihre Anspannung und ihr innerer Druck wuchsen, unheimlich und gleichzeitig angezogen von etwas Neuem, etwas Unbekanntem. Die geheimnisvolle Atmosphäre dieses Zimmers hatte sie gefangen und das Medium schaute in die Karten und schaute in Julias Gesicht. Wie durch einen Nebel schien sie in jene Welten zu sehen, die Julias Realität in der Zukunft abzeichnete.

Julia, eine nüchterne junge Frau. Sie studierte Schauspiel und Tanz und war nach einem längeren Aufenthalt in New York wieder in ihre alte Heimat zurückgekehrt. Sie wollte zurück nach England. Die laute unkonzentrierte Oberflächlichkeit der amerikanischen Metropole war ihr zutiefst zuwider, ja sie stellte fest, dass ihr der morbide Charme ihrer alten Heimat fehlte.

Und nun saß sie in einem ebenso morbiden Zimmer, das ausgestattet war mit den Möbeln der viktorianischen Epoche und es schien so, als ob jeden Moment die Türe aufgehen und ein knochiger alter Butler den Tee servieren würde. Wie oft hatte Julia Szenen der alten Fernsehserie *Das Haus am Eton Place* im Schauspielunterricht nachspielen müssen, in denen sie in verschiedene Rollen wechseln und auch die Rolle des Butlers übernehmen musste.

Julia hörte wie gebannt auf die Worte des Mediums. Es sprach von neuem Glück in der Zukunft und von etwas Altem, das sie verfolgt. Was mache ich hier eigentlich, dachte Julia. Aber als ihre beste Freundin ihr diesen Termin arrangiert hatte, war sie sofort bereit, dieses für sie so neue Terrain zu erkunden.

„Du wirst weinen", sagte das Medium, „denn wenn es vorüber ist, wirst du allein sein." Und Julia kam es vor, als lächelte das Medium sie kalt an. Und sie spürte diese Kälte tief in ihrem Inneren, denn seit Langem erahnte Julia, dass sie wohl anders wäre, aber wie, das konnte sie nicht erklären.

Julia fragte sich: Warum kann ich nicht lieben?

Gerne hörte sie alte Schlager, in denen von großer Liebe gesungen wurde und von tiefen Gefühlen. Sie hatte so etwas noch nie empfunden und sie wusste nicht, ob sie vielleicht geschädigt war. Offensichtlich gab es keine Erklärung dafür, denn sie war in geordneten und liebenden Verhältnissen aufgewachsen.

Als Mädchen hatte sie sich häufig verliebt, aber diese Liebe ebbte immer wieder schnell ab, etwas Neues musste her. Scherzhaft sagte ihr Vater einmal zu ihr: „Nein Julia, du bist kein Mädchen für eine Nacht, du bist ein Mädchen für wenige Stunden." Damals lachte sie darüber und heute glaubte sie, dass ihr Vater recht hatte. Ich kann nicht lieben, und durch den Termin bei der Wahrsagerin erhoffte sie sich Auskunft und insgeheim eine Bestätigung ihrer Gedanken. „Du wirst weinen, denn dann wirst du allein sein", dieser Satz klang in Julia wie das dumpfe Läuten der Sturmglocke im Hafen von Ostende.

„Du wirst weinen."

Julia ließ diese Sitzung über sich ergehen, all die vielen Informationen, das Reden von irgendwelchen Meisterinnen und Meistern, die in irgendwelchen Sphären des Lichtes sind. Sie hörte etwas von der Königin der Kelche, dem Gehängten und dem Ass der Stäbe. Eins blieb ihr jedoch im Gedächtnis: Das Ass der Münzen liegt in einer besonderen Position ihrer großen Arkana und prophezeit ihr ein Leben in Wohlstand. Na wenigsten etwas, dachte sich Julia, wenn ich schon weinen muss, tue ich es jedenfalls materiell gesichert. Ein schwacher Trost, aber ein Trost.

Sie kannte das Theater in Bristol. Und es war eine Nebenrolle in einer Neubesetzung des Shakespeare-Klassikers *Macbeth* zu besetzen. Nun war es nicht Julias Fach, das Klassische. Ihre Fachrichtung war Modern Art und sie glänzte zuletzt in der Rolle der schizophrenen Ehefrau des Theaterstücks *Rose Garden*. Doch nun war sie bereit, denn ihr altes Engagement war abgelaufen und es musste dringend eine neue Herausforderung her und die Nebenrolle eines Klassikers würde sich auch in ihrer Vita gut machen, denn es zeigt doch so die Bandbreite ihrer künstlerischen Darstellung. Musste es gerade Bristol sein? Diese Industriemetropole im Südwesten Englands. Nun ja, dachte sich Julia, was tut Frau nicht alles für ihre Karriere.

So stieg sie an einem Novembertag, dessen grauer Himmel nichts Gutes verhieß, in ihren alten Peugeot, den sie sich für einhundertfünfzig Pfund in einer etwas dubiosen Werkstatt in Soho vor wenigen Wochen gekauft hatte. „Bring mich in meine Zukunft", sagte sie beschwingt, als sie ihre wenigen Habseligkeiten im Wagen verstaut hatte und schnurrend wie eine Katze klang der Motor unter der Haube, so als wolle er ihr sagen, ich fahre dich nun in dein Glück. Sie drehte das Autoradio auf und begann bei den Hits der Neunziger mitzusummen. Schon bald erreichte sie die M1 und fuhr Richtung Südwesten.

Kapitel 4: STAN

„Oh, think twice, that's just another day for you and me in paradise", röhrt das Radio in den frühen Morgenstunden in Stans Zimmer. Er mag diesen alten Phil-Collins-Song. Na ja, das mit dem Paradies hat er sich anders vorgestellt, dachte Stan. Er hatte keinen gnädigen Schlaf und wurde zwar ins Traumland aber nicht in die Tage seiner Kindheit geführt. Er träumte von Julia und von ihrer ersten Zeit, die sie als junge Liebende verbracht hatten. Er träumte von seiner Hochzeitsreise durch den Südwesten, durch die Grafschaft Whiltshere und auch von dem Besuch der kleinen Stadt Glastonbury. Sie gingen verliebt durch dieses Städtchen, betrachteten sich die Glastonbury Abbey und das Grab von König Artus und seiner Frau Guinevere, und sie schlenderten durch die vielen kleinen Lädchen und Ladengassen, die allerhand feilboten für den esoterischen Bedarf. Er träumte vom Besuch eines Raums, den Frauen eingerichtet hatten zur Verehrung der Großen Göttin. Er sah, wie er und Julia den Raum betraten und dann übernahm die Traumregie diese Sequenz. Er sah, wie Julias Gesichts sich zu verformen begann und wie sich in ihrem Antlitz das Gesicht eines Dämons widerspiegelte. Aus Julia wurde Durga, die indische Göttin der Rache. Und er erwachte: „… just another day in paradise." Seltsam, dachte Stan, als er sich rasierte, was aufgeschäumte Gefühle alles bewirken können.

Er hielt sich selbst für weltoffen, eloquent, modern und gebildet. Er hatte sein Leben vor Julia im Griff. Erfolgreich, in bescheidenem Maße wohlhabend, ein Mann ohne Sorgen, amouröse Affären von Zeit zu Zeit, sein Leben lief in geordneten Bahnen. Er wuchs mit klaren Werten und Normen auf und entschloss sich als junger Mann, diese ihn umgebenden Normen und Werte zu seinen eigenen zu machen.

Und jetzt stand er vor dem Scherbenhaufen seiner Vorstellungen. Nichts, aber auch gar nichts von dem, was ihm seine Vorstellung offeriert hatte, war eingetreten.

Sein Vater, ein erfolgreicher Investmentbanker im Süden Londons erzog ihn in den Traditionen von Eton und Oxford und er selbst erfüllte diese Anforderungen mit seiner Kraft und mit seinem Elan. Seine Mutter, eine entfernte Verwandte des Königshauses, legte sehr viel Wert auf Anstand und tadelloses Benehmen. So wuchs Stan in einer behüteten und zur Upperclass gehörenden Familie in England auf. Nach dem Scheitern der Ehe hielten seine Eltern ihn für einen Versager, der es noch nicht mal schaffte, die Liebe seines Lebens an seiner Seite zu binden. Tief nagte der Schmerz bei diesen Gedanken in Stan.

Merde, geschnitten! Wie ihm schon sein Vater immer wieder vorgehalten hatte, war er nicht fähig, verschiedene Dinge gleichzeitig zu tun. Hastig griff er nach einem Tuch, um die Blutung an seinem Hals zu stillen. Ich könnte mir auch einfach die Kehle durchschneiden, dann hätte das alles hier ein Ende, dachte er düster, als er in seine Tweed-Hose stieg und sich sein Poloshirt aus Leeds überzog.

Nach dem Frühstück ging Stan zum See, den er von seinem Zimmer aus sehen konnte. Und wieder dachte er an Gwen und innerlich begann er zu lächeln, denn als er ein Kind war, hatte ihm seine Großmutter erzählt, dass die Seen der englischen Landschaft die Augen der Großen Göttin seien, und dass sie über diese Augen in das Leben der Menschen hineinschauen könnte. Gwendy erzählte, alle Geheimnisse der Großen Göttin liegen in den Seen verborgen und sie erzählte ihm von der wunderschönen Fee, die im See wohnt und die bis heute das magische Schwert Excalibur bewacht.

Das Schwert des wahren Königs.

Kapitel 5: GWENDY

„So viel Geschirr", stöhnte Mary.

„Ja so ist es nun mal", sagte Gwendy, „wenn wir eine Festgesellschaft im Haus haben."

Nach der großen Prozession traf sich die halbe Gemeinde bei Gwendys Eltern, um dort einen Nachmittagstee einzunehmen. Ihre Mutter und die Nachbarin hatten schon Tage im Vorfeld Gebäck vorbereitet. Ganz besonders beliebt war ein schwerer Früchtekuchen, der eine Spezialität ihrer Mutter war und dem sie, sozusagen als magisches Backmittel, eine leichte Spur Alraune zufügte, welche hochgiftig ist, doch der Verzehr dieses Kuchens sorgte immer für eine zufriedene und ausgeglichene Stimmung der Esser. Gwendy lächelte verschmitzt als sie die Reste des Kuchens in den Abfall warf. Selbst Father O'Leary hat von diesem Kuchen gegessen. Nun konnten sich alle Frauen sicher sein, dass sie des nächtens nicht gestört werden würden.

Diese Nacht war ihre Nacht. Eine Nacht nur für sie gemacht. Die Initiation der Großen Göttin stand unmittelbar für sie bevor und sie wusste, dieses wird ein Ereignis, von dem sie ihren Kindern und Enkeln noch erzählen würde und ihr unruhiges Herz sagte ihr mit jedem Schlag, dass ihre Erwartung wohl nicht enttäuscht werden würde.

Kapitel 6: JULIA

Ein kalter November und schon zur Mittagszeit verhüllten dunkle Wolken Julias Weg nach Bristol.

Gemütlich fuhr sie auf dem Motorway 1 entlang und sang die alten Schlager aus dem Radio mit. Plötzlich sah sie in der Ferne leuchtendes Blaulicht, und als sie sich der Stelle näherte, stellte sie erschreckt fest, dass es eine komplette Sperrung der Autobahn gab. Ein etwas rundlicher Deputy, der sich ihrem Wagen näherte, bat sie ihre Seitenscheibe herunterzudrehen. Sie roch seinen übel riechenden Atem und ihr fiel auch sofort ein übler Schweißgeruch auf. Sie kannte das. So riechen Menschen, wenn sie Angst haben.

Der Beamte erklärte ihr, dass die Autobahn gesperrt sei, da sich ein schwerer Unfall ereignet habe und es werde noch Stunden dauern, die Unfallstelle zu räumen. Er wies sie auf eine Umleitung hin, welche sich unweit ihres jetzigen Standortes befand.

So ein Mist, schimpfte Julia in sich hinein, jetzt dauert meine Fahrt nach Bristol mindestens drei Stunden länger, wenn ich jetzt durch die kleinen Dörfer und Städtchen der südwestenglischen Landschaft zockeln muss. Na ja, wenigstens habe ich gute Musik im Auto. Und sie setzte ihren Weg zwar mürrisch, aber dennoch erleichtert, weiterfahren zu können, fort.

Zwischenzeitlich begann es zu regnen und sie spürte, dass sie ihre Geschwindigkeit dem widrigen Novemberwetter anpassen musste, denn sie fuhr eindeutig zu schnell.

Sie bemerkte es, als ein suizidaler Fuchs sich genau ihren Wagen ausgesucht hatte, um aus dem Leben zu scheiden. Doch sie machte ihm einen Strich durch die Rechnung, denn kurz vor ihm kam ihr Auto zu stehen. Ihr eilig gepacktes Gepäck flog dabei wild im Auto umher und bei diesem

Bremsmanöver fiel ihre Handtasche um und in ihren Fußraum ergoss sich der gesamte Inhalt.

Der Fuchs, der längst in den Wald geflohen war, war nicht mehr zu sehen und so fuhr sie links heran, um ihre Habseligkeiten der Handtasche wieder in die selbige zu verstauen.

Da war sie wieder, die Tarot-Karte, die das Medium ihr mitgegeben hatte. Die Hohepriesterin.

Julia gruselte es vor dieser Karte, aber als wäre es ein Unterpfand aus einer nicht sichtbaren Welt, steckte sie diese Karte zurück in ihre Handtasche.

„Auf geht's", sagte sie, und fröhlich drehte sie den Zündschlüssel in ihrem Zündschloss um und nichts geschah.

„So ein Mist", fluchte sie, und versuchte erneut den Motor anzulassen. Doch auch jetzt gab dieser kein Lebenszeichen von sich. Verloren, mitten im Nirgendwo, irgendwo auf der britischen Insel stand sie nun. Ihr komplettes Leben in einem Schrottauto, das Alte hinter sich, das Neue vor sich und kein Fortkommen.

Sie entschied sich nun den Pannendienst zu informieren, doch wo war ihr Mobiltelefon? Da fiel es ihr wie Schuppen von den Augen. Sie hatte es in der letzten Raststätte auf der Toilette liegen lassen. Eine gewisse Hoffnungslosigkeit machte sich in ihr breit. Was sollte sie nun tun? Es war dunkel, es regnete. Sollte sie jetzt in ihrem Auto übernachten, auf Hilfe eines Vorbeifahrenden hoffen? Doch sie befand sich in einer Seitenstraße. „Ich trete die Flucht nach vorne an", sagte sie, zog sich die erst beste Jacke an, die sie greifen konnte, nahm ihre Handtasche, schloss vorschriftsmäßig ihr Auto ab und machte sich auf den Weg. Was sagte das Medium? Der Weg ist das Ziel? Da wollen wir doch mal sehen, ob der alte Teufel recht hat.

A-Kapitel: Julia

Schneidend, wie flüssiges Glas, peitschte ihr der November-regen ins Gesicht. Ihre Jacke fühlte sich an wie ein Schwamm, vollgesaugt mit der Schwere ihrer jetzigen Situation. Wohin sollte sie gehen, wen würde sie treffen? Und in ihren Gedanken alte Bilder von Kriminalfilmen, Gruselstreifen, die sie sich früher gerne angeschaut hatte. Sie fühlte sich nicht wohl in ihrer Haut und ihre Fantasie malte Bilder in ihr, Vorstellungen von Dingen, die passieren könnten und mit jedem Schritt, den sie sich weiter von ihrem Auto entfernte, verlor sie ihr Selbstvertrauen.

Dort hinten in der Ferne, schemenhaft, hob sich ein Gebäude vom nachtgrauen Novemberhimmel ab.

„Lichter, vielleicht kann ich von dort einen Abschleppdienst organisieren. Vielleicht wohnt dort eine nette freundliche alte Dame, die mir ermöglicht, eine Toilette aufzusuchen. Und ich wage es kaum zu hoffen, vielleicht bekomme ich sogar einen Tee."

Julia eilte auf dieses Haus zu. Sie musste allen Mut zusammennehmen, um an diesem Gebäude an der Eingangstür zu klingeln. Nicht minder war sie überrascht, als ein juvenil wirkender Mann ihr öffnete und sie freundlich anlächelte mit einem Blick von Erstaunen und Mitleid.

Sie sah an sich herab. Du meine Güte, wie sehe ich denn aus. Eine bessere Jacke hatte ich wohl nicht griffbereit. Ich stehe hier, wie ein begossener Pudel, nun ist Scham angesagt.

Julia stellte sich höflich vor. Und der junge Mann bat sie freundlich in sein Heim. „Nachdem wir uns vorgestellt haben", sagte Stan, „dürfte ich Ihnen eine Tasse Tee anbieten und vielleicht ein Handtuch? Bitte suchen Sie doch das Badezimmer auf, dort liegen Handtücher. Und machen Sie sich ein wenig frisch. Ich werde uns einen Tee zubereiten".

Oh wie gewählt, dachte Julia, und sehr zuvorkommend, und sie ging sofort ins Badezimmer, welches nicht wirklich die Bezeichnung Badezimmer verdiente.

Vor ihr eröffnete sich ein Boudoir. Ein Raum, in dem sich ein Innenarchitekt kunstvoll verewigt zu haben schien. Ein salle de bain, wie er nicht hätte perfekter sein können. Lichtdurchflutet, geräumig, elfenbeinfarbene Fliesen, welche durch dunkelgrüne und apricot Accessoires perfekt in Szene gesetzt wurden.

Julia fühlte sich etwas schüchtern, dieses Bad überhaupt zu benutzen.

Na, der lebt auf großem Fuß, wenn das Badezimmer schon so aussieht, wie sieht dann wohl der Rest seines Hauses aus.

Doch Julia war erst einmal überglücklich. Sie griff, etwas zaghaft, nach einem lindgrünen Handtuch und schlang es sich gekonnt um den Kopf.

„Ist alles in Ordnung bei Ihnen?", fragte durch die geschlossene Tür eine männliche Stimme.

„Ja, ja, alles in Ordnung, ich komme gleich".

„Wenn Sie sich Ihrer Sachen entledigen wollen", sagte die Männerstimme, „dort im Spiegelschrank neben dem Waschbecken befindet sich ein sauberer Trainingsanzug". Julia wurde es etwas mulmig.

Das war ein wenig viel Freundlichkeit für einen Fremden. Was sollte sie nun tun? Ihn brüskieren oder auf seine Freundlichkeit eingehen? Ihr altes Selbstwertgefühl kehrte langsam zurück und sie entschied sich für das Zweite.

Frisch beturbant und mit trockenen Sachen verließ sie dieses Traum-Bad.

„Nun sehen sie ganz manierlich aus", sagte lächelnd dieser Fremde, den sie nun als Stan kannte. „Geben sie ihre nassen Sachen her, ich lasse sie durchschleudern und stecke sie dann in den Wäschetrockner."

Dankbar nahm Julia dieses Angebot an. Aus den Augenwinkeln beobachtete sie Stan, der im Bad ihre nassen Sachen aufhob und sie stellte fest: Was sie sah, gefiel ihr. Als hätte man sie ertappt, drehte sie ihren Kopf zur Seite und in Windeseile hatte Stan ihre nassen Sachen ihrer wäschepflegerischen Bestimmung übergeben.

„Nun aber zum Tee", sagte Stan lachend, „sie müssen ja völlig durchgefroren sein", und er führte sie in eine sehr modern eingerichtete Küche seines großen Hauses.

Lachend sagte Julia: „In solch einem Raum lebten wir zu sechst in New York und das hier ist nur ihre Küche".

„Nun", sagte Stan, „ich lebe hier allein, habe aber häufig Geschäftskollegen zu Besuch und ich muss mit diesen Räumen auch repräsentative Aufgaben in meinem Beruf übernehmen."

Beide nahmen an einem großen Esstisch in modernen weißen Leder-Swing-Sesseln Platz und genossen ihren Earl-Grey-Tee und Julia kam es vor, als hätte sie in ihrem Leben noch nichts Köstlicheres getrunken als diese Tasse Tee. Oder lag es etwa an der charmanten Gesellschaft?

B-Kapitel: Gwendy

Mir standen die Tränen in den Augen. Ich spürte an jeder Stelle meines Körpers, wie die heiße Flüssigkeit an mir herunter tropfte. „Du hast es gleich überstanden", sagte Tante Maud.

Ich befand mich in meinem Zimmer und die Frauen unserer verschworenen Gemeinschaft waren alle anwesend. Sie bereiteten mich vor. Sie schmückten mich für den Abend der Initiation. Hochkonzentriert zerriss meine Mutter Leinen, welches mit geschickten Händen von Tante Maud auf meinem Körper verteilt und ruckartig wieder abgezogen wurde. Dass es so schlimm würde, hätte ich nicht gedacht. Und als hätte sie meine Gedanken gelesen, lächelte meine Mutter mir zu. „Du möchtest doch der ewigen Jungfrau nicht als haariges Biest erscheinen, oder?" Während sie das sagte, strich sie mir sanft kühlendes Aloe-Vera-Gel auf meine Haut, welches sofort Linderung brachte.

„Darf ich jetzt endlich", rief Johanna.

„Ja", maulte Maud, „ich bin gleich so weit", und mit einem Ruck riss sie mir den noch jungfräulichen Flaum von meinem Venushügel. Ich hätte sie anspringen können.

Aber ich lernte von frühester Kindheit an, den weisen Frauen bedingungslos zu gehorchen. Ein Gehorsam, der aus dem Respekt vor ihrem Wissen geboren war. Ein Gehorsam, welcher das Vertrauen der Liebe in sich trug, denn ich wusste, dass sie mir nie etwas antun oder mir etwas Schlechtes sagen würden. So war dieser Gehorsam für mich ein leicht zu tragendes Opfer. Eine Hingabe, die sich aus Liebe ergießt, ist niemals ein Opfer.

Nun war Johannas Stunde gekommen. Mit Schalen aus Eibenholz kam Johanna herein und ich legte mich nackt auf ein Leinenlaken, welches ausgebreitet auf dem Boden lag. Tante Maud begann, die alten Namen der Göttin zu singen und meine Mutter setzte sich ans Spinnrad und begann, die Wolle zu spinnen so wie es der Brauch verlangte. Als das Rad sich drehte, Tante Maud sang und die Spindel sich drehte, nahm die Göttin Kontakt zu meiner Mutter auf. Sie nahm die Spindel und stach sie Johanna in die Hand. Doch Johanna verspürte keinen Schmerz. Sie gab einige Tropfen ihres Blutes und mischte sie in die Farbe: Blut, Träger des Lebens.

Bei der nächsten Initiation werde ich diesen Dienst der nächsten jungen Schwester geben. Und so gibt sich das Blut für die nächsten Generationen weiter, von einer Frau zur anderen. Mutter erklärte mir, dass das der Grund sei, warum wir bluten einmal im Monat, um nicht zu vergessen, dass Blut Leben ist und es sich weitergibt von Generation zu Generation.

Nun begann Johanna ihr Werk und bemalte meinen Körper unter den Gesängen von Maud mit den heiligen Zeichen der Großen Mutter. Auf der Stirn malte sie einen Stern aus indigoblauer Farbe. Meine Brüste zierten Ornamente, Spiralen in der Farbe des hellen Grüns, der Farbe der Birke, Zeichen der Jungfrau und der Göttlichen Mutter in all ihrer Unschuld und all ihrer Heilungsmacht. Von der Krone der Birke aus blickt sie in alle Welten und Zeiten. Die Birke offenbart das Allumfassende des Seins. Um meinen Nabel herum malte Johanna das Symbol des Feuers, der Leidenschaft und der Energie des Willens. Die mittlere Flamme wand sich zwischen meinen Brüsten hindurch und berührte die untere Spitze des Sterns.

Der Stern, ein Symbol der Alten Welt, eine Welt, die nicht mehr ist, doch von der wir alle kommen. Die Alte Welt brachte uns das Wissen der Großen Mutter aus den Weiten der Himmel und bündelte dieses in der Struktur des Kristalls.

Meine jungfräuliche Vulva wurde bemalt mit karmesinroten Ornamenten, Ähren und Tierköpfen, alles Erscheinungsformen des Lebens auf unserer Erde. Sie reichten bis zu meinen Füßen und als ich mich nach Einbruch der Dunkelheit in meinem Spiegel betrachtete, war ich komplett bemalt. Ich war nicht mehr nackt, obwohl ich keine Kleidung trug. Bemalt mit der Kraft der Generationen unseres heiligen Zirkels war ich nun bereit, der Hohen Frau zu begegnen.

C-Kapitel: Stan

Wie schön war es in Kindertagen, dachte Stan. Ich habe gerne Zeit im Haus meiner Großmutter verbracht. Ihre Geschichten, ihre Gerüche, schade, dass sie vor vielen Jahren gegangen ist und ich nicht mehr Zeit mit ihr verbringen konnte.

Vater hielt seine Mutter immer für verrückt. Vielleicht war sie das auch, aber ich erinnere mich gern an all ihre Worte, an ihre liebevollen Umarmungen, ihren Trost und das Versorgen meiner kindlichen Wunden, wenn ich wieder einmal ausprobierte, die Felsen der schottischen Landschaft über meine Haut zu erfahren.

Ich glaube nicht, dass unser Schicksal gelenkt ist. Es ist eine Verkettung verschiedenster Umstände, die sich ergeben, Zufälle. Ich könnte mich eventuell dazu herablassen, an einen kreativen Designer zu glauben, der zu einer hochintelligenten Rasse gehört, aber für mich kein göttliches Wesen darstellt.

Gwendy war einfältig, aber glücklich. Manchmal wünschte ich mir, ich hätte ihre Einfalt und ihren kindlichen Glauben an die Natur, an die Energien, wie sie es nannte, an ihre Bergkristalle, die das Wohnzimmer zierten und die mich als Kind so fasziniert hatten.

Ich bin in der Realität angekommen und das ist gut so! Und jetzt muss ich damit klarkommen, dass ich in zwischenmenschlichen Belangen einfach versagt habe.

Nachdem er den See erreicht hatte, setzte sich Stan unter eine Birkengruppe. Die Birke stand noch in ihrem Maigrün und der Wind rauschte in ihren Blättern. Stan ertappte sich bei dem Gedanken, dass das Rauschen der Blätter wie ein Gesang sei und er mutmaßte, dass die Birken nur für ihn sängen. Er meinte die Worte zu hören aus dem Lied des Lebens: „Kommt nach Hause." Er schaute auf den See und ertappte sich bei einem Gedanken, ob die Göttliche Mutter ihn durch dieses Auge wohl sähe?

Ich glaube nicht an diesen Mist, es ist nur Verdummung irgendwelcher Esoteriker oder grenzdebiler Menschen. Ich habe diese Sache verbockt und ich muss damit klar kommen.

Wirsch wischte Stan seine Gedanken beiseite. Doch dieser Ort hatte etwas. Er wurde ruhig in seinem Inneren. Eine meditative Stimmung machte sich in ihm breit und er beobachtete die Reflexionen der Sommersonne, die auf der sich kräuselnden Oberfläche des Sees bizarre Muster formte.

Wie oft hatte Gwendy ihm erzählt von einer göttlichen Ordnung, die sie Mandala nannte, und sie sagte ihm, dass er ein Teil dieser göttlichen Ordnung sei.

Wenn das so wäre, dachte Stan, muss Gott ein Vollidiot sein.

In diesen Gedanken fand er innerlich Ruhe. Stan erinnerte sich an die Worte von Gwendy: „Wenn du an die Göttin nicht glauben kannst, ist das nicht schlimm, Stan! Aber sei dir dessen bewusst, dass die Göttin mit jeder Faser ihres Seins an dich glaubt."

Ich empfinde Trost bei diesem Gedanken, dachte Stan und ein Windstoß ließ die Birken rauschen. Es war Stan, als stünde Gwendy hinter ihm und striche ihm über seinen Kopf.

Was war das? Stan meinte, in den Wassern des Sees etwas Seltsames sich bewegen zu sehen. Er stand auf und da war es wieder! Es war wie ein glitzerndes Licht, ein kurzes Huschen, welches aber nicht das Wasser bewegte.

Vielleicht ein großer Karpfen, ein Hecht? Irgendetwas bewegte sich und weckte Stans Neugierde. Hastig zog er sich Schuhe und Strümpfe aus und krempelte seine Hosen hoch.

Was ist das, dachte er. Er hatte neulich einen Artikel von ausgesetzten Stören in britischen Gewässern gelesen. Hat sich ein solcher Fisch hier etabliert?

Und Stan ging ins Wasser bis zu den Knien. Doch diese seltsame glitzernde Erscheinung war verschwunden.

Ich habe mich nur getäuscht. Eine wilde Reflexion des Sonnenlichts. Jetzt fange ich an zu spinnen wie Gwendy.

D-Kapitel: Julia

Der Tee tat gut. Und Julia blickte versonnen in die Reste ihrer Teetasse, in der sich ein kleiner Berg aus Zucker vehement dagegen werte, sich in der Flüssigkeit aufzulösen. Stan hatte mit dem Abschleppdienst telefoniert, dessen Ankunft sich aber aufgrund einer akuten Verkehrssituation auf der M1 einige Stunden hinziehen würde. Julia ertappte sich bei dem Gedanken, dass sie sich in seiner Gegenwart wohlfühlte. Doch ihr war auch bewusst, dass diese Situation zu surreal war, um diese in der Realität wirklich erleben zu können.

Sollte dies wirklich jener Zufall sein, den die Kartenlegerin ihr prognostiziert hatte?

Verstohlen blickte sie zu ihrer Handtasche, die neben ihrem Stuhl stand. Die Hohepriesterin, jene Tarot-Karte, die ihr zugesteckt wurde, verhieß Geheimnis, Mystik und tiefes altes Wissen, gespeist aus für sie unerklärlichen Quellen.

Stan hantierte in der Küche herum. Und ein dumpfer Summton zeigte an, dass der Wäschetrockner seine Arbeit verrichtet hatte. So ging er in den Wäschepflegraum, um Julias Sachen zu holen. „Es ist alles wieder trocken", sagte er lachend, als er zurückkam. Von einem förmlichen Sie waren sie sehr schnell in ein Du übergegangen.

Julia nahm ihm etwas unbeholfen die Wäsche aus der Hand und scherzte mit ihm: „Na dann gehe ich mal in das Boudoir und werde mich wieder zurückverwandeln in die Person, die ich eigentlich bin. Danke noch mal für den Trainingsanzug. Er hat mich vor einer Erkältung oder gar Schlimmerem bewahrt", flirtete sie augenzwinkernd ihm zu.

Er ist schon ein feiner Mann, dachte Julia, als sie sich im Badezimmer umzog. Dabei bemerkte sie, dass ihre alte Vintage-Jacke den Vorgang der Trocknung nicht wirklich schadensfrei überstanden hat. Sie war völlig verzogen und war als Kleidungsstück nicht mehr zu gebrauchen. Sie war ein Fall für den Müll geworden.

So ein Ärger, dachte Julia, jetzt muss ich gleich hinaus in die Kälte und habe keine Jacke. Vielleicht kann Stan mir eine Jacke von sich borgen und mit dieser Frage auf den Lippen verließ sie das Badezimmer. Stan hatte mittlerweile im Wohnzimmer Platz genommen und ein hell prasselndes warmes Feuer lud zu Gemütlichkeit und Verweilen ein. In einem geschliffenen Kristallglas funkelte bernsteinfarben ein alter schottischer Single Malt, den Julia sofort am Duft erkannte: ein Oban. Sie freute sich schon auf den weichen, warmen Geschmack dieses flüssigen Bernsteins und sie konnte ihn förmlich schon ihre Kehle herunterfließen spüren. „Das ist gut gegen Erkältung", sagte Stan, „meine Großmutter schwor darauf."

Als Kind verbrachte Julia einen Sommer lang auf der Insel der äußeren Hybriden, die Oban heißt. Diese Ferien waren für sie eine der schönsten Erinnerungen ihrer Kindheit und sie liebte das Spiel mit Wind und Wellen an der rauen Küste Obans. Für sie war dieser Urlaub wie eine Flucht aus ihrer eigenen Realität hinein in die Dinge ihres Gefühls, die sie so sehr liebte.

Sie spürte förmlich mit dem Glas Whisky in der Hand auf einem alten Chesterfield-Sessel sitzend, wie der wilde Wind des Meeres durch ihre Haare strich, als sie laut jauchzend auf dem Rücken eines Pferdes den Strand entlang galoppierte. Es war für sie wie im Märchen. Sie eine Prinzessin, die durch ihr Reich galoppierte. Und ihr langes Haar flatterte im Wind. Sie begann zu lächeln und nahm einen großen Schluck aus dem Glas.

E-Kapitel: Gwendy

Sie betrachtete sich in dem großen Spiegel. Wo war das Kind geblieben, das sie vor wenigen Stunden noch war?

Bemalt mit den alten Zeichen der Göttin und hergerichtet wie eine Braut stand sie da und betrachtete sich. Sie befand sich in einem Zwischenstadium zwischen Kind und Erwachsenem und sie wusste, dass sie heute ihre Kindheit verlassen würde.

Ganz besonders ergriff sie ein tiefes Gefühl der Dankbarkeit, als Maud vor ihr auf die Knie sank, trotz ihrer Arthrose, die sie seit vielen Jahren beklagte und ihr Blumenkränze um die Fußknöchel legte. Gwendy wollte sie davon abhalten und sagte: „Das kann ich selber tun", doch sie ließ ab von ihrem Gedanken, denn sie wusste und hatte gelernt, dass es als ein Affront betrachtet wird, eine dienende Hingabe zurückzuweisen. Sie musste ihre Rolle leben und Maud die ihrige. Eine Träne verließ ihren Augenwinkel, als Johanna ihr einen Kranz aus gelben Narzissen aufs Haupt setzte. Sie waren kunstvoll mit weißem Ginster gebunden und nun sah sie aus wie die gekrönte Königin der Natur selbst. Auf ihrer Haut das Blut der Ahnen, auf ihrem Kopf der Glanz der Sterne, der sich in jeder Blüte dieser Erde widerspiegelte. Um ihre Fesseln die Kraft der Mutter Erde, die alles Leben hervorbringt.

So geschmückt ging sie zur Tür. Sie blickte zurück und sie wusste, dieses Zimmer wird nie wieder ein Kinderzimmer sein. Sie ging die alte Treppe hinab, hin zur Eingangstür und dort standen sie alle, die jungen und die alten, die mittelalten Frauen, in azurblauen Mänteln und sie trugen Fackeln in den Händen. Alle lächelten ihr freundlich zu, doch keine sagte ein Wort. Und als sie aus der Tür schritt, fühlte sie sich sehr bewegt, als sie sah, wie die Frauen sich vor ihr verneigten. Für diese eine Nacht war sie die Inkarnation der Großen Mutter, das Symbol der Göttin, und in dieser Nacht würde sie Regeln aufstellen für sie und die gesamte Gemeinschaft. Dieses war der Weg ihrer Initiation und jede Frau ist einmal in ihrem Leben in einer Nacht die absolute Herrscherin dieser Welt. Dieses war nun ihre Nacht.

Die Gruppe der Frauen nahm sie in ihre Mitte und in schweigender Prozession zogen sie durch das Waldgebiet der alten Fichten bis hin zu jener Lichtung, welche sich auf einer Hochklippe direkt an der Irischen See befand.

Auf dem Boden war ein großes Spiralmuster gelegt aus weißen Flusskieseln. Diese Spirale befand sich in einem uralten Kreis aus Menhiren, den Menschen tausende Generationen vor ihnen dort errichtet haben, um die Große Göttin zu verehren.

Wie auf Federn schritt sie daher, sie spürte kaum die Schritte, die sie tat. Auch das Stechen der Fichtennadeln unter ihren nackten Füßen spürte sie nicht. Je näher sie dem Initiationsplatz kam, desto mehr ließ sie ihre Menschlichkeit zurück, ihr Kindhaftes, ihr Zögerndes, ihr Zweifelndes. Und je näher sie kam, desto stärker wurde ihre Kraft der Erde und mit jedem Herzschlag in ihrer Brust spürte sie das pulsierende Leben auf diesem Planeten. Die Frauen stellten sich zu den Menhiren. Und sie schritt in die Mitte des Kreises, in das Zentrum der Spirale des Lebens. Sie war angekommen.

F-Kapitel: Stan

Klack, klack, klack … Im monotonen Rhythmus trommelte die Gabel immer wieder auf den Teller. Ganz in Gedanken saß Stan am Frühstückstisch in seinem Hotel und schaute hinaus auf den See. „Sagen sie mir Bescheid, wenn sie den Teller durchklopft haben, Sir", sagte lächelnd Miss Daphne, die alte Hausdame des Hotels. „Was macht ein so hübscher junger Mann so ein verdrießliches Gesicht und zerstört dabei unser Porzellan? Haben ihnen die scrambled eggs nicht geschmeckt?"

„Doch, doch", antwortete Stan abwesend, „sie waren vorzüglich, aber ich war wohl in Gedanken."

„An einem solch schönen Junimorgen sollten sie nicht mit trüben Gedanken herumsitzen, Mr. Stan", sagte Daphne freundlich aber bestimmt. „Ich habe sie gestern am See gesehen. Suchen sie nach einem Revier, um ihre Angel auszuwerfen", fragte sie scherzend.

„Nein" sagte Stan, der sich freute, in Miss Daphne eine Ansprache zu haben.

Miss Daphne schien so alt zu sein wie das Hotel selbst. Sie war lebendes Inventar, ein Faktotum, die lebende Seele dieses Hauses. Sie wusste alles, kannte alle und selbst wenn der kleinste Knopf verloren ging, Miss Daphne wusste, wo er war. „Sagen Sie Miss Daphne, was hat es mit diesem See auf sich? Ich habe im Dorf Gerüchte gehört, dass es eine Geschichte gibt zu diesem See."

„Oh ja, Sir", antwortet sie. „Aber dazu brauchen wir Zeit."

„Die habe ich zur Genüge", antwortete Stan und etwas umständlich nahm Miss Daphne ihm gegenüber an seinem

Frühstückstisch Platz. Sie rief einen Kellner zu sich, murmelte ihm etwas zu und wenige Augenblicke später kam er zurück mit einem wunderschönen Brandy-Glas. „Sie beginnen aber früh, es ist 9.15 Uhr am Morgen" scherzte Stan.

„Was meinen sie, warum ich so alt geworden bin?", gluckste Miss Daphne. „A brandy a day keeps the doctor away".

„Heißt es nicht an apple?"

„Nun, das habe ich für mich verändert" antwortete Daphne.

Der See ist alt, begann sie ihre Erzählung. Er ist älter als das Dorf und älter als dieses Herrenhaus. Geologen sagen, dass dieser See aus einem Gletscher während der letzten Eiszeit entstanden ist. Auf seinem Grund fanden Forscher Gesteinsformationen, deren Ursprung in den schottischen Highlands liegen. Der Gletscher hatte diese Felsen mit sich mitgenommen und sie hier in unserer Gegend abgelagert auf dem Grund des Sees. Als der See von den Wissenschaftlern des National Englisch Heritage untersucht wurde, entdeckte man neben den Felsen aus den Highlands auch seltsame Steinformationen aus Silicea. Kristallspitzen, die wie Schwerter aus dem Seegrund herausragen und eine beträchtliche Größe erreicht haben.

„Dann war das das Glitzern, was ich gestern sah.

„Was für ein Glitzern", fragte Daphne.

„Als ich gestern am See war, sah ich ein seltsames Schimmern im Wasser. Ich ging bis zu den Knien ins Wasser hinein, um die Ursache dieses Leuchtens zu erforschen. Dann war es wohl das Sonnenlicht, welches sich in einem dieser Kristalle spiegelte." Daphnes Gesichtsfarbe veränderte sich, als er zu ihr sprach. Ganz nebenbei bemerkte er dieses.

Aus dem eher rosigen Teint der alten Dame wurde eine blasse Farbe, ähnlich Pergament.

„Das kann nicht sein", antwortete Daphne, „denn die kristallinen Formationen befinden sich in einer Tiefe von über achtzig Metern auf dem Grund dieses Sees. Und selbst die Taucher konnten diese Formationen nicht erreichen, sie haben einen Tauchroboter benutzt, der gestochen scharfe Bilder davon lieferte. Die Leute hier im Dorf halten den See für verflucht. Über die Jahrhunderte der Chronik dieses Dorfes gibt es Geschichten, die vom Verschwinden einiger Menschen an diesem Teich berichten. In den alten Chroniken der St. Joseph Church befinden sich Aufzeichnungen über Menschen des Dorfes, die verschwunden sind und deren sterbliche Überreste man nie gefunden hat. Sie wurden später dann für tot erklärt. Andere Teile der Geschichte besagen, dass dieser See ein Tor sei, ein Tor in eine andere Welt. In der vorchristlichen Zeit glaubten die Menschen, dieser See sei das Portal zum Jenseits. Und so wurden die Toten an den Ufern dieses Sees verbrannt, um ihren Seelen somit einen Übertritt durch das Portal in das nächste Leben zu gewähren. Noch heute gibt es hier den Brauch, dass am Ostermorgen der Pfarrer des Dorfes mit einer geweihten Hostie zum See geht und diese Hostie im See versenkt um somit den Verstorbenen eine Teilnahme am Mahl des Herrn zu ermöglichen. Dieser See ist bis heute Bestandteil vieler Geschichten und Mythen, die sich um ihn ranken. So wird nie ein Dorfbewohner diesen See betreten oder hineingehen um zu baden, um sich Abkühlung zu verschaffen an heißen Sommertagen. Dieser See ist im Bewusstsein der Menschen hier ein heiliger Platz". Stan hörte Daphne gebannt zu. Irgendwie erinnerte sie ihn an seine Großmutter.

G-Kapitel: Julia

Schweigend stand sie vor der Haustür. Stan hatte ihr einen Dufflecoat geliehen. Er hüllte sie komplett ein wie ein schweres wollenes Tuch, das auf den Webstühlen der Grafschaft Leeds von emsigen Weberinnen gewoben worden war. Der Mantel roch nach ihm. Eine Mischung aus männlichem Duft gepaart mit einem herben Aftershave. Etwas altmodisch, fand sie, aber seltsam bewegt mochte sie dieses Gemisch. Sie sog den Duft tief in sich ein, während sie auf den Abschleppdienst wartete. Da kam er, der Wagen und zu Julias Überraschung stieg eine junge Frau aus dem Auto. „Bin ich hier richtig? Haben sie den Notfalldienst gerufen? Sind sie die junge Frau, welche mit ihrem Auto liegen geblieben ist?"

Sie bejahte und ihr erschien diese junge Mechanikerin wie ein Geschenk des Himmels. Als sie zu deren Auto gingen, in das sie Julia freundlich eingeladen hatte, spürte sie einen kleinen Stich im Herzen und bemerkte, dass sie ein Stück ihres Herzens zurückgelassen hatte. Ein seltsames Kribbeln erfüllte ihren Bauch. Sie war verliebt.

Die Mechanikerin fuhr mit ihr sehr souverän zu ihrem Auto zurück und sie bemerkte, dass sie über sieben Meilen gelaufen war. Langsam graute der Morgen, doch es wurde nicht richtig hell. November in England eben. Sie kamen am Auto an und die Mechanikerin öffnete die Motorhaube. Wissend und schweigend starrte sie unter dem Leuchten ihrer Taschenlampe in ein für Julia unordentlich wirkendes Gewirr aus Schläuchen und Kabeln hinein, das der Motor ihres Autos zu sein schien. Insgeheim ärgerte sie sich darüber, dass sie das Angebot einer guten Freundin nicht angenommen hatte, einen Pannenkurs beim örtlichen Automobilklub zu besuchen. Die Mechanikerin rückte hier zurecht und schraubte da, dann ging sie schweigend zu ihrem Auto und holte einen Hammer hervor. Sie kam zurück und schlug kräftig auf den Motor ein. Eine etwas seltsame Methode, doch sie erklärte ihr, dass der Vergaser sich verklemmt hatte und durch gezielte Hammerschläge sei dieses zu lösen. Und so war es. Nach zwei Versuchen sprang der Motor wieder an und Julia war erleichtert. Sie bedankte sich, sie tauschten die Daten aus zum Begleichen der Rechnung. Sie drehte ihren Wagen um und fuhr zurück zur Autobahn. Sie trug immer noch Stans Mantel, wie ein Unterpfand, wie ein Versprechen auf etwas Großes, Verheißungsvolles. Sie atmete tief ein und spürte, wie seine Liebe sie umgab. In ihr war die Saat des Glücks gesetzt.

H-Kapitel: Gwendy

Rhythmisches Stampfen und monotoner Singsang erfüllten die Schwärze der Nacht, welche nur etwas zurückgetrieben wurde durch das Leuchten der Fackeln. Meine Schwestern sangen und klopften mit ihren Füßen den Takt des schlagenden Herzens der Großen Mutter. Sie bewegten sich wiegend hin und her und ich stand im Zentrum des Seins. Ich war nicht mehr ich. Eine Mischung aus Kraft, glühender Lava, Macht und Licht breitete sich in meiner Seele aus. Wie in einem Strudel folgte mein Bewusstsein hinein in den Uterus der Großen Mutter. Ich zeugte und empfing mich in diesem Moment selbst und spürte die Einheit mit der gesamten Erde in meinem Leib. Ich spürte, wie meine Arme sich wie von selbst nach oben streckten und ein gleißendes Licht meine Handflächen verließ.

Der Himmel öffnete sich. Ich sah keine Sterne, ich sah bunte Kugeln, welche sich ineinanderschoben, sich verbanden und wieder trennten. Mein Geist war im Ort der Dimensionen angekommen.

Ich war in Trance. Nein, ich bin die Trance. Ich bin das Licht und ich bin die Liebe, ich bin das Leben und der Tod, der Ursprung, die Quelle. Ich bin!

Mein physischer Körper war nicht mehr wichtig. Ich hörte den Gesang nicht mehr und auch nicht das Stampfen. Mein Geist reiste durch die Dimensionen, ich sah alles und sah doch nichts. Ich fühlte mich eins mit der Mutter allen Lebens und ich spürte einen Schmerz, nicht im Körper, sondern im Geist! Und ich wusste, die Wehen haben eingesetzt. Die Große Göttin gebar mich und in meinem Geist gebar ich die Große Göttin.

Auf einmal war mir das Geheimnis von Aussaat und Ernte, von Leben und Tod bewusst. Ich war eins mit dem Zyklus des Lebens, des Wachsens und des Vergehens und mit jedem Stich in meiner Seele, jeder neuen Wehe meines Geistes, kam ich mehr und mehr in meiner Bestimmung an.

Liegend erwachte ich im Steinkreis. Die Göttin war geboren. Meine Schwestern standen immer noch außerhalb des heiligen Bezirks. Nun betraten sie diesen und bildeten mit ihren Leibern einen Ring um mich. Sie hielten sich an den Händen und der Nachtwind blähte ihre blauen Umhänge grotesk auf. Dann begannen sie in der alten Sprache zu sprechen, einer Sprache, die heute nicht mehr gesprochen wird, und ich verstand jedes Wort. Mystisch, wie von Geisterhand bewegt, begann mein Körper sich zu erheben. Liegend schwebte ich im Kreis meiner Schwestern und hörte, wie die Göttin durch meinen Körper zu uns sprach. Ich war beseelt:

Channeling Lady Nada:

Im Lichte der Einheit, im Lichte der Großen Göttin, im Glanze der Mutter, welche alles Leben umspannt, hervorgebracht hat. Erkennt und begreift, dass euer Dasein, welches ihr die Ich-Präsenz eurer Persönlichkeit nennt, das, was euch ausmacht in euren kognitiven gedanklichen Leistungen, ein Zusammenspiel von anerzogenen und trainierten Verhaltensweisen ist. Sie bilden einen Rahmen, der euch eine Sicherheit vorgaukelt, die nicht wirklich ist.

Ich, die Mutter allen Lebens, bin die Hüterin der Vielfalt.

Schaut euch um in meiner Natur. Eine bunte Blumenwiese besticht nicht durch ihre Ordnung, sondern durch die Bunt-

heit der Formen und Farben, welche ich hervorbringe. Sie unterliegen einer göttlichen Ordnung, welche jedoch den Rahmen eurer Gedanklichkeit sprengt. So lege ich, Göttin, in einem jeden meiner Geschöpfe, so auch in euch, diesen Aspekt. Ihr nennt diesen Aspekt die Seele, das Ewige, das Unendliche, in euch; jenes, welches fragt nach Ursache und Wirkung eures Daseins, eures Lebens.

Diese große Weite ist nicht zu binden in die Form eines gedanklichen Rahmens!

Ist euer Lebensentwurf wirklich der Entwurf eurer Göttlichkeit? Lebt ihr euer Leben in eurer Wildheit, in eurer Ungebundenheit oder richtet ihr euch aus nach dem, was von euch verlangt wird?

So wie meine Priesterinnen in zwei Welten leben, seid auch ihr in der Lage in mindestens zwei Welten zu leben.

So, wie es dem Meister Jesus von Nazareth nachgesagt wird, so sage ich es euch: „Gebt dem Kaiser, was des Kaisers ist, und Gott, was Gottes ist." Habt Mut, euren gedanklichen Rahmen mehr und mehr zu weiten, zu dehnen, um somit die Freiheit eurer Seele zu spüren und diese Freiheit auch euren Leibern zur Verfügung zu stellen. Denn nur so könnt ihr die Liebe der Großen Mutter und die Alleinheit auch in eurem emotionalen Erleben erfahren und genießen.

Ihr würdet keine Schuhe tragen, welche euch zu eng sind und euch nicht passen! Jeder Schritt wäre schmerzhaft für euch in diesen Schuhen. Auch wenn die Schuhe der neuesten Mode entsprechen und auch wenn alle sie tragen, für eure Füße sind sie nichts! Und doch entscheidet ihr euch häufig für das Tragen von Gedanken, Werten und Normen um des lieben Friedens willen in eurem Leben.

Beginnt euch zu fragen: Was will die Seele, was will die göttliche Natur?

Sie möchte euch in die Erfahrung und in die Erfüllung alles Seienden einführen! Sie möchte euch schützen, euch die Wege des Glücks ebnen und die hohen Lichtkräfte der Meisterinnen und Meister zur Verfügung stellen!

So segne euch die Große Göttin! Ihr Friede sei um euch!

I-Kapitel: Stan

Trotz der Warnungen und der dunklen, geheimnisvollen Geschichten, die Daphne ihm an diesem Morgen erzählte, wuchs in Stan das Bedürfnis, diesen geheimnisvollen See genau zu erkunden.

Er spürte eine innere Heiterkeit, denn die Beschäftigung mit diesem Mysterium lenkte ihn von seinem inneren Schmerz und dem gesamten Geschehen um seine Ehe mit Julia ab. „Ablenkung ist doch die beste Therapie", sagte er sich lächelnd.

Er ging ins Dorf hinein um dort Ausschau zu halten nach einer geeigneten Bekleidung und fand schnell eine Outdoor-Hose so wie sie Wanderer tragen. Die Verkäuferin des Geschäftes pries ihm die Vorzüge des Materials und dass man die Beine über einen Zipper bequem entfernen konnte und diese Hose sich in eine Shorts verwandeln ließ. Er kaufte sich ein rot kariertes Hemd und als er sich im Spiegel des Outdoor-Geschäftes betrachtete, sah er sich als völlig neuen Menschen. Normalerweise gehörte diese Art der Bekleidung nicht zu seinem Standard. „Ich sehe aus wie ein Wandersmann", sagte er und die Verkäuferin erklärte ihm, dass ihm dieses Outfit ausgezeichnet steht. In einem Regal sah er herrliche Winstons. Die Verkäuferin versicherte ihm, dass dies Angler-Gummistiefel seien und ihm bis an seine Leisten hinauf reichen würden, sodass er trockenen Fußes durch den See marschieren könne. Als er den Preis betrachtete, schien ihm dieser etwas überdimensioniert für sein Vorhaben zu sein und er beschloss innerlich, die Hosenbeine abzutrennen und dann im Uferbereich des Sees umherzuspazieren.

Wie eine eherne Glocke klangen noch die Worte von Daphne in seinem Ohr: „Die Bevölkerung betritt diesen See nicht, er ist ein Tabu." Was interessieren mich die Märchen und die angstvollen Geschichten, die sie ihren Kindern in Winternächten an ihren Torffeuern erzählen, dachte er. Er war wild entschlossen, die Geheimnisse des Sees zu erkunden. Und so trat er den Weg an. Ausgerüstet ging er zum Ort seiner Bestimmung.

J-Kapitel: Julia

Dunkel und drohend lag Bristol vor ihr. Rauchende Industrieanlagen. Kein freundlicher Anblick, dachte Julia und drückte ihr Gewicht mehr und mehr in den Sitz ihres Autos hinein und kuschelte sich in den Mantel, den sie immer noch trug. Er war viel zu warm. Sie hätte ihn ausziehen können, doch sie zog es vor, ihn anzubehalten und dafür die Autoheizung zu reduzieren. Sie brauchte keine Heizung, denn warme Wellen ihres Gefühls stiegen immer wieder in ihr auf.

Und so konnte sie selbst dieser Kulisse von Bristol etwas Schönes abgewinnen. Es war nicht weit, nicht weit zu Stan und mit dem Auto war dieser in wenigen Stunden zu erreichen. All ihre Gedanken kreisten um ihre neue Zukunft, ihre neue Rolle in *Macbeth*, ihr neues Zimmerapartement in Bristol und um ihre neue Liebe, die in ihr aufkeimte.

Das Radio plärrte „And I will always love you" von Whitney Houston und Julia erschien es, als wäre dieses Lied nur für sie geschrieben worden. Sie manövrierte ihr Auto selbstsicher durch die engen Straßen Bristols, bis sie in jener Appartement-Vermietung ankam, die sie im Internet recherchiert hatte und die ihr ein freies Appartement offeriert hatte.

„Sie sind die junge Schauspielerin", sagte ein älterer Mann zu ihr, als sie das Bürogebäude der Appartementvermietung betrat. „Es ist Appartement 3 C, im dritten Stock. Der Aufzug ist kaputt, aber ich kann ihnen helfen, ihre Habseligkeiten nach oben zu tragen".

Der etwas ältere, ungepflegte Herr grinste sie bei seinem Angebot etwas dümmlich an, doch mit einem Blick, der eher von Geilheit als von Hilfsbereitschaft erfüllt war. Sie lehnte sein Angebot mit den Worten: „Ich bin noch jung und habe junge Beine. Ich sehe dieses als meine heutige sportliche Ertüchtigung", ab. Missbilligend akzeptierte er.

Und so betrachtete sie ihr Appartement. Es war nicht groß, aber es war sauber. Der Blick aus dem Fenster ging auf eine Seitenstraße und sie schaute auf die Neonreklame eines kleinen Vorstadtkinos und sah in bunten Schriftzügen die Werbung des Films aus der X-Man-Reihe *Wolverine*. Ein kleines Bad, eine kleine Teeküche und ein Wohn-Schlaf-Raum, das war nun ihre Welt in Bristol. Sie war angekommen und schleppte ihre wenigen Habseligkeiten nun ohne Aufzug in den dritten Stock. Es klopfte an ihrer Tür. Keiner ihrer Freunde kannte ihre neue Adresse. Diese wollte sie ihnen erst per Rundmail mitteilen. Sie öffnete die Tür und eine junge Frau stand vor der Tür. „Hallo, bist du die Neue?", sagte sie zu ihr. „Ich möchte mich dir vorstellen, mein Name ist Judy und wir sind Nachbarn. Wenn du etwas brauchst, kannst du ja rüberkommen. Hast du schon mit Quasimodo Bekanntschaft gemacht?", fragte sie verschmitzt.

„Wenn du den Concierge meinst, ja, den habe ich kennengelernt".

„Wir Frauen im Haus nennen ihn Quasimodo. Er hat es schon bei jeder versucht und ist nirgendwo gelandet", antwortete Judy. „Bis auf Mrs. Miller vom Erdgeschoss, sie ist 76".

„Möchtest du eine Tasse Tee?", fragte sie Judy, und überlegte, in welcher der vielen Kisten sie den Wasserkocher verstaut hatte.

„Ja gerne", sagte Judy, „aber es ist einfacher Tee bei mir zu trinken, wenn ich mir dein Chaos hier betrachte". Und so tranken sie Tee und sie fühlte sich wohl, nicht alleine zu sein und einen Menschen in ihrer Nähe zu haben, der freundlich und höflich war. Morgen früh wollte sie zum Theater gehen.

Ihr erster Tag in Bristol begann wie alle Tage im November. Regnerisch, grau. Sie hatte am Abend noch mit Judy Gin Tonic getrunken, nachdem sie die Kartons ausgepackt und ihre Utensilien in einem alten Kanapee verstaut hatte, das aus einer Zeit zu stammen schien, als die ersten Suffragetten durch London zogen. Sie machte sich zu Fuß und per U-Bahn auf den Weg zum Theater. Ein altehrwürdiges Gebäude, in dem der Muff aus Jahrhunderten zum festen Bestandteil des Ensembles zu gehören schien. Sie betrat das Gebäude und erkundigte sich beim Pförtner nach dem Weg zum Proberaum A. Dort hatte sie um 9.30 Uhr ein Vorsprechen.

Dann spürte sie einen Stich in ihrem Hals. Sie drehte sich um und sah Judy. Es wurde Nacht.

K-Kapitel: Judy

Auftrag erfüllt, endlich!

Lange hatte sie auf diesen Augenblick gewartet, ihr Opfer Julia zu betäuben. Judy gehörte zu einem alten Hexenzirkel, der sich unter dem Siegel der Rosslyn Chapel seit vielen Hundert Jahren zusammengefunden hatte. Eine Vereinigung von Frauen und Männern, die fälschlicherweise immer wieder zu Freimaurerkreisen gezählt wurden. Judy grinste düster, als sie darüber nachdachte, welch Vorteil es für sie war, unerkannt arbeiten zu können. Ihr Orden gründete sich zu Zeiten der Christianisierung der Britischen Inseln und bildete ein Gegengewicht zu den irischen Hexen mit ihren grünen Augen. Sie verehrte die Dunkelheit, alles das, was Verderben und Tod bringt. Ihre freundliche und eloquente Art war eine Fassade, die sie sich in langen Schulungen antrainiert hatte.

Da lag sie nun. Julia, eine Unbewusste, eine, die nicht wusste, wer oder was sie war. Und wie ihr dunkler Meister es ihr befohlen hatte, schleppte sie die Bewusstlose zu einem Van, der hinter dem Theaterhaus geparkt war. Sie verstaute Julia im Fond des Wagens und fuhr mit ihr in den eiskalten Morgen hinaus aus Bristol hinein zu einem Treffen ihres Zirkels in der Rosslyn Chapel. Ein neues Menschenopfer, das der Zerstörung und der Unruhe auf dieser Erde geweiht war.

Sie sah sich als Hüterin des Gleichgewichts zwischen den Kräften. Wo Licht ist, muss auch Schatten sein, sinnierte sie und so etwas wie Mitgefühl mit der Unbewussten gab es in ihrer Welt nicht.

Nach circa dreieinhalb Stunden erreichten sie die Kapelle. Sie wurde dort von ihrem dunklen Meister und einigen seiner Anhänger erwartet. Sie brachten die Schlafende in die Krypta der Kapelle, wo ein katafalkähnlicher Altar aufgebaut war. Sie zogen sie aus, banden sie fest. Julia erwachte.

L-Kapitel: Julia

Ihr Hals schmerzte und sie spürte jeden Knochen in ihrem Körper. Was war passiert? Wo war sie? Warum fror sie so erbärmlich? Julia war die Ernsthaftigkeit ihrer Situation nicht bewusst.

Ich bin gefangen, ich bin gebunden. Was ist passiert und wo ist Judy? Ich erinnere mich daran, sie als letztes gesehen zu haben. Dann weiß ich nichts mehr …

Kalt lächelnd näherte sich Judy der Gebundenen. „Tja meine Liebe, jetzt dient dein Blut unserer Sache. Du wirst heute dem dunklen Fürsten gegenübertreten und seine Braut sein. Eine Ehre, die nur wenigen zuteil wird". Julia begriff, in welcher Situation sie sich befand. Sie erkannte schemenhaft in ihrem Erwachen, dass sie sich in einer Krypta befand. Sie sah dunkle Gestalten und eine von ihnen war Stan.

M-Kapitel: Stan

Er erreichte den See. Glitzernd lag die Oberfläche des Wassers vor ihm. Das Licht zauberte grüne Schatten der Birkenblätter auf seine Kleidung. Er setzte sich auf einen Felsen unter den rauschenden Birken und betrachtete die Szenerie. So ein friedlicher Ort.

Stan war glücklich darüber, endlich so etwas wie Frieden in sich spüren zu können. Er dachte an die Anfänge seiner Beziehung zu Julia. Er dachte an diese kalte Novembernacht und er dachte an das zufällige Zusammentreffen in Rosslyn Chapel.

Stans Familie gehörte seit vielen Jahren zu diesem okkulten Zirkel, wie es sie zu Hunderten in England gibt. Obwohl er sehr rational und in den englischen Werten erzogen war, legten seine Eltern großen Wert auf das Erlernen und Ausüben spiritueller Rituale, wie es sie auf den englischen Inseln seit alters her gibt. Und so wurde Stan in diesen Zirkel hineingeboren und als er Julia hilflos auf dem Altar liegen sah, erkannte er, dass etwas falsch war. Es war für ihn so, als wäre er selbst angebunden auf diesem Altar und in ihm erwuchs der männliche Beschützerinstinkt.

Die Birken rauschten ihr Sommerlied und Stan war wie gefangen in der damaligen Welt und er ließ diese Geschichte noch einmal Revue passieren. In einem unbeobachteten Moment öffnete er Julias Fesseln, nahm sie und floh mit ihr aus der Kirche. Seitdem hatte er keinen Kontakt mehr zu seinem alten Zirkel und es erschien ihm, als würde der Zirkel ihm düstere Wolken des Unglücks schicken – als Strafe, denn er hatte dem Bösen das Opfer genommen.

„Hast du meinen Mantel dabei", fragte er Julia.

„Scherzkeks", antwortete sie ihm. Eine Frage der Unbeholfenheit. Er war froh und glücklich darüber sie in seinen Armen zu halten und sie in Sicherheit zu bringen in seinem Haus.

Mit einer Bewegung seiner Hand wischte er diese Gedanken an die Vergangenheit weg. Wo war Julia jetzt?

Nach vielen Jahren ihrer Ehe war sie plötzlich nicht mehr da. Wie vom Erdboden verschluckt. Keine Nachricht, kein Brief, keine E-Mail. Ihr Mobiltelefon lag auf der Anrichte in der Küche und es sah so aus, als sei sie nur einmal kurz in den Garten gegangen. Kein Kleidungsstück, nichts fehlte.

Und dann dieser Anruf der Anwaltskanzlei. Alles etwas seltsam. Sicherlich gab es Konflikte und sicherlich gab es Probleme in ihrer Beziehung. Eines der Themen war, dass sie berufliche Bestätigung suchte in ihrer darstellenden Kunst, er aber aufgrund seiner konservativen Erziehung von ihr erwartete, die Dame des Hauses zu sein und ihm und den geplanten Kindern ein Heim zu bereiten, die Werte seiner Familie fortzuführen und eine neue Generation von Tories auf den Weg in England zu bringen. Doch sie war weg. Und dann diese Scheidung.

„Habe ich den Bogen überspannt?", dachte Stan.

Eine Wespe, die an ihm vorbeiflog, riss ihn aus seinen Gedanken. Ach ja, richtig, ich bin hier, um das Geheimnis des seltsamen Leuchtens in diesem See zu ergründen. Etwas ungeschickt trennte er sich von seinen Hosenbeinen, so wie es ihm die Verkäuferin im Outdoor-Geschäft erklärt hatte. Er watete im Uferbereich des Sees.

Da war es wieder, dieses Glitzern. Jetzt spielt mir meine Fantasie Streiche. Das Leuchten sieht aus wie die Gestalt einer Frau, die sich schlangenartig durchs Wasser bewegt.

Und plötzlich spürte Stan einen Sog und er merkte, wie er in die Tiefe gezogen wurde.

N-Kapitel: Julia

Nein! Ich werde keinen Abend vorbereiten für seine Kollegen. Es ist schon die dritte Gesellschaft in diesem Monat. Haushalten, Hofhalten, ich weiß, dass er dies von mir verlangt, aber das kann ich nicht tun. Seit vielen Jahren bin ich nun seine Frau, ich habe alles für ihn geopfert! Meine Karriere in Bristol, meine Selbstständigkeit. Ich lebe von seinem Geld und das ist wohl der Preis, den ich zahlen muss, Gesellschaften für seine Kollegen auszurichten, lächeln, adrett sein und servieren.

Sie nahm einen großen Schluck ihres mittlerweile kalt gewordenen Tees. Sie fühlte sich Stan verpflichtet, denn er hatte sie aus den Klauen einer furchtbaren Situation, die unerklärbar ist, befreit. Er hatte sich ihr gegenüber nie geäußert, warum er an diesem Tag in der Kapelle anwesend war und äußerte sich nur peripher darüber, indem er von Familiengeheimnissen sprach und dass er seine Eltern mit seinen Aussagen nicht belasten dürfe. Er sagte nur so viel, dass nicht alle im Zirkel wüssten, besonders die unteren Ränge nicht, dass in dieser Kapelle alle sieben Jahre ein Menschenopfer stattfindet.

Viele widerstreitende Gedanken und Gefühle bewegten sich in Julia und sie erinnerte sich an ihre alte Zeit in New York. Wie gerne hätte sie ihren goldenen Käfig verlassen und wäre wie ein Vogel nach New York geflogen. Sie griff wie automatisch zu ihrem Telefon und wählte eine Nummer, die sie lange nicht mehr gewählt hatte. Es war die Nummer ihrer Studienkollegin Claudia, einer Deutschen, die mit ihr zusammen Schauspiel studiert hatte. Claudia war in einem

Tanzensemble am Broadway untergekommen und spielte im Musical *Cats* eine gut dotierte Nebenrolle.

Am anderen Ende der Leitung meldete sich Claudia. „Ich habe von dir ja Ewigkeiten nichts mehr gehört! Sei mir nicht böse, dass ich nicht zu deiner Hochzeit kommen konnte, aber ich habe in dieser Zeit entbunden und war somit verhindert. Wie geht es dir denn so als Ehefrau? Habt ihr schon Kinder? Ich habe schon drei, mein Mann und ich denken gar nicht daran, die Produktion einzustellen". Beide Frauen freuten sich über ihren Kontakt und führten ein langes Telefonat, in dem Julia von ihren Sorgen und Nöten erzählte.

„Das ist die richtige Zeit", sagte Claudia, „du solltest noch einmal Madame Chantalle aufsuchen, denn kurz danach hattest du ja deinen Stan kennengelernt. Sie scheint etwas Positives in deinem Leben zu bewirken liebe Julia". Julia ahnte nicht, in welch schicksalhaftes Karussell des Lebens sie jetzt einsteigen würde.

O-Kapitel: Gwendy

Die Worte der Mutter flossen aus mir heraus. Und ich hörte interessiert zu. Die Schwestern standen immer noch im Kreis um mich. Mein Körper schwebte. Ich hatte keine Angst, ich fühlte mich nicht unsicher. Ich war eins in meiner Schwesternschaft und war ein Gefäß der Göttin für diese Nacht. Zwei Schwestern kamen von der Seite auf mich zu, drehten meinen Körper und stellen mich wieder auf die Füße. Ich sah an mir herab. Sämtliche Zeichen waren von meiner Haut verschwunden. Stattdessen trug ich ein weißes Kleid aus Leinen. Meine Arme zierten zwei goldene Schlangen aus gedrechseltem Metall und ihre Köpfe befanden sich auf den Innenseiten meiner Hände. Auf meinem Kopf hatte ich immer noch den Kranz aus Narzissen. Nun war ich die Repräsentantin der Großen Göttin und würde es für den Rest meines Lebens bleiben.

Gwendolyn wurde aus dem Steinkreis herausgeführt. Sie gingen zurück zum Fichtenhain. Dort befand sich der Stumpf einer tausendjährigen Eiche, welche vor vielen Jahren einem Herbststurm zum Opfer gefallen war. Dieser Stumpf war wie ein Thron und Gwendolyn wurde auf diesen Thron gesetzt, dessen Fundament, die mächtigen Wurzeln, tief in den Leib der Erdenmutter hineinragte. Nun saß sie auf ihrem Baumstumpf und ihre Schwestern bildeten einen stehenden Kreis um sie. Aus ihren blauen Umhängen holten sie jede einen Kristall hervor und eine Jede stellte ihren Kristall um Gwendolyn herum. Ein Kreis aus Kristallen. Gwendy wusste, was sie nun zu tun hatte. Sie erhob ihre Arme und die Steine begannen zu schweben und begannen, sich in einem wilden Tanz um Gwendys Kopf zu drehen. Ein Leuchten kreierte sich aus Gwendys Kopf und dieses Leuchten brachte die Kristalle zum Glühen. Und von den Kristallen ging jeweils ein Lichtstrahl zu ihren Besitzerinnen und traf die Frauen inmitten ihrer Stirn. Augenblicklich war die Verbindung zum großen Ganzen für jede Schwester hergestellt. Die Göttin lehrt:

Channeling Seraphis Bey

Es ist wichtig, in diesen Tagen der Zeit in seinem Bewusstsein zu wachsen. Das Wachsen ist nicht das Problem, denn wachsen liegt im Gebot der Göttin. Alles, was einmal gezeugt wurde, wächst unaufhörlich und ganz von allein und ganz von selbst. Seht eure Kinder. Sie werden geboren und vom Tag der Geburt an beginnen sie zu wachsen, sich zu entwickeln und groß zu werden. Die Frage ist nicht: Wächst das Bewusstsein? Die Frage sollte sein: Erlaube ich es mir, dass mein Bewusstsein wächst, oder grenze ich es ein?

Wir sind in unserer Bemühung Menschen zu formen bereit, unsere Kinder nach den Werten und Normen zu prägen, welche wir selbst erlebt haben oder für richtig erachten.

Ich verhalte mich wie ein japanischer Gärtner, der seinen Bonsai beschneidet. Und wisset auch, er muss sein kunstvolles Handwerk mühevoll erlernen! Viele Bäume sterben beim Versuch sie zu beschneiden.

So wie in meinem Beispiel ein japanischer Gärtner über Erfahrungsstudien lernen muss, stellt sich mir die Frage: Wer lehrt Eltern, Eltern zu sein? Eltern werden losgelassen auf die neue Seele und prägen sie zumeist nach bestem Wissen und Gewissen. Deshalb ist es wichtig, dass ihr begreift, dass das

Bewusstsein der Beschneidung zu Anfang etwas sehr Schadhaftes für euch sein kann.

Ich unterstelle menschlichen Eltern nicht, ihren Kindern Schaden zufügen zu wollen, doch die empirische Erfahrung zeigt in den letzten Jahren, dass aus Eltern, die ihre Kinder über Strenge, Regeln und Normen erzogen, sogenannte Helikopter-Eltern geworden sind, für die Erziehung ein lückenloses Überwachen ihrer Kinder darstellt, um diese vermeintlich zu schützen. Es wird ihnen eine freie Entfaltung ihres Bewusstseins genommen und die jungen Menschen bekommen Angst vor Bewusstheit, da sie das Korrektiv des Lebens nicht mehr spüren und abgeschirmt werden durch ein Werte- und Normengebäude von überbesorgten Eltern.

Das nennen Eltern Liebe! Ich nenne das Schwächung und Verängstigung!

Ihr bildet Regeln aus, sagt Seraphis Bey, Regeln der Philosophie, der gesellschaftlichen Ordnung, Regeln der Religionen, um hier einen Rahmen vorzugeben, in dem Bewusstsein sich entwickelt.

Erkennt, sagt Seraphis Bey, dass Bewusstsein sich nicht in einem Rahmen entwickeln kann! Der menschliche Rahmen besticht durch menschliche Begrenzung.

Seid euch dessen bewusst, dass eure Seele, euer Geist, aus der Unendlichkeit entspringt und diese Unendlichkeit ein Teil von euch ist. Das göttliche Prinzip eurer Seele ist die unendliche Ausdehnung, ohne jegliche Grenze! Denke einmal darüber nach, dass du ein Geschöpf der Unendlichkeit bist, Teil eines unendlichen Universums, das sich nach euren wissenschaftlichen Erkenntnissen weiterhin ausdehnt. Also müsstest du als Teil dieses Universums auch auf grenzenlose Ausdehnung (Bewusstwerdung) ausgerichtet sein.

Begrenzung erschafft Kleingeistigkeit und auch angstvolles Tun. Seraphis Bey sagt: Habt den Mut, eure selbst gesteckten Rahmen zu verlassen. Tretet wie der alte Nil über die Ufer und hinterlasst Fruchtbarkeit. Verlasst Begrenzung!

Der Bau des Assuanstaudammes in Ägypten hatte ein Ausbleiben der Überflutungen des Nils zur Folge. Dieses hatte dramatische Auswirkungen auf die gesellschaftliche Versorgung der Menschen Ägyptens mit landwirtschaftlichen Gütern. Es entstand Mangel, Hunger!

Begrenzung erschafft Mangel und einen Hunger, einen Hunger nach geistigem Wachstum, einen Hunger nach Gott, einen Hunger nach dem Entdecken seiner eigenen Spiritualität. So können wir eine einfache Formel bilden: Begrenztes Bewusstsein erschafft Mangel! Nun habt ihr die Antwort auf euren Mangel erhalten.

Die Antwort kann nicht sein, um Fülle zu beten, sondern um die Aufhebung der Begrenzung zu bitten und seine seelische, menschliche Kraft dahin zu bewegen, den gesteckten Rahmen des Bewusstseins zu verlassen. Und Fülle zieht ein! Diese Handlung muss von einer jeglichen Seele selbst erbracht werden!

Erschafft Fruchtbarkeit, denn im Schlamm eures Bewusstseins der frühen Inkarnationen liegt der Dünger für das Bewusstsein und somit kann Bewusstsein auf gut gedüngtem Boden wachsen.

Wir wissen um eure Furcht und um eure Begrenzung, deshalb sagt die Göttin: Lebt in parallelen Welten, lebt in einer Welt des Geistes, in einer Welt der Materie. Wenn ihr beide entwickelt habt, kombiniert sie. Vereint diese Welten und werdet zu einem offenen Bewusstsein. So ist es möglich, die Angst zu überwinden, die vermeintliche Sicherheit bleibt be-

stehen und das Offene bildet sich. Euer Geist kann auf den Schwingen der Morgenröte, die ich bin als Meister des Aufstiegs, sich erheben und wie in einer Art geistig virtuellen Welt könnt ihr euer Menschwerden, eure Geistwerdung zelebrieren. Dann kommt es zu einem Ritus der Initiation und dieser Ritus ist ein Ritus, welcher sich nicht nur in sakralen Handlungen widerspiegelt, sondern im Auftreten eurer Persönlichkeit in eurem menschlichen Umfeld. Deswegen passt euch nicht an jede Norm und jedes Gesetz an, die eurem Gefühl zuwider sind. Schwimmt nicht mit dem Strom aber auch nicht dagegen, sondern beobachtet den Strom des Lebens. Und von Zeit zu Zeit haltet ihr einmal eure Hand in diesen Strom und hört zu, was er euch zu erzählen hat.

Denn das Leben hat die wunderbare Eigenschaft, geboren in Atlantis, euch zu jeder Zeit Antwort zu geben auf alle eure Bedürfnisse und all eure Fragen.

Menschliche Konflikte, Zwischenmenschlichkeit, all diese Dinge sind notwendig, all diese Dinge müssen sein, denn im Handeln erlernt ihr viele Dinge. Im Handeln untereinander, in der Interaktion zwischen Menschen, erweitert sich das Bewusstsein und ihr erlernt neue Wege zu gehen. Ja wir wissen, dass das Verhalten des Anderen euch oftmals bremst und wir wissen auch, dass das Verhalten des Anderen Kummer bereiten kann, Sorge und Schmerz. Habt aber Mut, eure Bewusstheit soweit zu erheben, dass euer gesamtes Sein, auch euer Gefühl, damit einverstanden sein kann, dass euer Verhalten das Maßgebliche ist, nicht das Verhalten des Anderen.

Das hat nicht die Aussage: Ich bin immer Schuld an einer Energie, an einem Konflikt, sondern es beinhaltet die Aussage, mein Bewusstsein ist bereit sich zu entwickeln und ich möchte die Situation der geladenen Energie für alle Seiten in ein harmonisches Sein verwandeln. Schöpfungsakt! Dies ist der wahre Gebrauch der Schöpferenergie: eine seelische Ordnung und ein seelisches Zusammenspiel zu einem göttlichen Mandala zusammenzufügen, das den Betrachter mit der Schönheit und der Freude des Lebens konfrontiert.

Das Verhalten des Anderen könnt ihr nicht ändern! Jedoch eure gemeinsame Situation durch das Verändern des eigenen Verhaltens. Damit werden die energetischen Karten neu gemischt. Seid euch dessen bewusst, dass das Licht eurer Erfahrung ein Licht ist, welches Großes vollbringen kann und somit ist auch euer göttliches Licht eine große Erfahrung. Diese göttliche Natur in dir ermöglicht, dich selbst zu verändern, innezuhalten und erst einmal kurz darüber nachzudenken, wie eine Reaktion sein sollte.

Darüber nachdenken! Ist jetzt wirklich dein Beleidigt-Sein gefragt? Ist jetzt wirklich deine Betroffenheit gefragt? Was ist jetzt wichtig für die Entwicklung dieses Gespräches oder dieser Situation?

Oftmals ist es so, dass Fronten sich verhärten. Fronten sollten sich nicht verhärten, Fronten sollten erst gar nicht gebildet werden! In euren zwischenmenschlichen Beziehungen herrschen oftmals nicht der Geist und die Kraft eurer Seele, sondern es herrscht Kalkül. Es herrscht Vorteilsnahme und Berechnung. Bitte überlasst euch mehr eurem lichten Gefühl, welches aus Empathie und Liebe besteht.

Es handelt sich dabei um eine Kombination aus den kristallinen Zeiten von Atlantis, bestehend aus der Seele und dem emotionalen Körper, welche durch gemeinsame Kreation des Kosmischen Rates und den liebenden Wesen der spirituellen Venus, Kumaras genannt, für euch Menschen entwickelt wur-

de. Ihr seid eine begnadete Wesenheit, die darüber, einzigartig im Universum, die Seele fühlen kann.

Dieser Umstand wurde in den Zeiten von Atlantis „Der Kristallweg" genannt, welcher zu einer Durchlichtung der seelischen Tugenden führt und die Seele in den Umstand versetzt, ihre eigene Erschaffung aus der Quelle allen Seins der selbigen zu spiegeln und somit den Kreislauf der Schöpfung zu vollenden. Gott stellt sich selbst dar!

Und somit kann es hier zu einer Entdeckung und Erweiterung eures Selbst kommen. Erlaubt euch lichte, freudvolle Erfahrungen zu machen im Miteinander. Erlaubt euch auch, diese freudvollen Erfahrungen miteinander zu teilen. Und wenn dein Gesprächs- und Dialogpartner oder -partnerin das nicht möchte, so empfinde die Freude in dir, einen Weg zu suchen, wie du sie oder ihn erreichen kannst. Lass den Zorn über das Geschehene nicht deine Sonne des Glücks vernebeln! Die Freude sollte das Triebmittel sein, nicht dein Zorn. Der Zorn ist eine Variante, welche dich ausbremst und deine göttliche Natur dazu verführt, etwas zu tun, was dem Licht und dem Leben widerspricht! Geschieht dieses, nennt ihr dieses „Dunkle Energie" oder „Nichtlicht"!

Dieses sagte Seraphis Bey, gegeben in Bernolsheim im Elsass im März 2017. Seid im Segen!

Nachdem die Göttin über den Fokus des weißen Lichtstrahls zu den Anwesenden gesprochen hatte, gebot es das Ritual, dass Gwendolyn ihre Arme senkt. Doch es ging nicht. Ihr ganzer Körper vibrierte wie elektrisiert. Sie fühlte sich unter einer immensen Spannung, so als würde sich an einem heißen Sommertag ein Gewitter zusammenbrauen, welches kurz vor seiner Entladung sein größtes energetisches Potenzial in die Luft verströmt. Erstaunt schauten sich die Schwestern an und Johanna deutete Gwendy an: nimm die Arme herunter. Ein verzweifelter Blick verließ Gwendys Augen, der Johanna erklärte: Ich kann nicht.

Das Ritual der lehrenden und heilenden Unterweisung der Großen Göttin schien außer Kontrolle zu geraten. Gwendolyns Körper begann zu schmerzen und ein leichtes Stöhnen verließ ihre Lippen, doch sie konnte nichts tun. Plötzlich spürte sie, wie ein warmer Strom an ihren Schenkeln herabfloss. Sie schaute hinab und ihr Leinenkleid färbte sich rot. Was passiert mit mir, dachte sie und die Schlangenornamente an ihren Armen begannen sich zu bewegen. Es schien so, als würden die Schlangen zum Leben erwachen. Die Köpfe der Schlangen lebten und erhoben sich aus Gwendys Handinnenflächen.

Sie öffneten ihre Mäuler und dolchartige spitze Giftzähne zeigten sich. Aus ihren Augen funkelte ein weißes Licht und diese Lichtstrahlen bildeten über Gwendolyns Kopf ein weißes Dreieck.

Die Spannung wurde unerträglich. So lange, bis der kleine Bruder des langen Todes, die Ohnmacht, die Regentschaft übernahm.

Ein lautes Fauchen aus der Ferne weckte Gwendolyn auf. Sie lag in einem golden schimmernden Kleid, als ob es aus tausend Fischschuppen bestünde, in einem Feld von großen, blühenden Pflanzen. Sie schaute durch die Blätter hindurch und ein majestätischer Drache erhob sich am Himmel.

Sie war aufgewacht.

P-Kapitel: Stan

Mit aller Kraft und mit seinen starken, muskulösen Armen versuchte Stan gegen den Sog anzukämpfen. Was für ein grausames Spiel, dachte er, ich gerate in einen Strudel und kämpfe um mein Leben. Immer wieder erreiche ich die Wasseroberfläche, kann kurz atmen und dann zieht mich diese Gewalt wieder hinunter.

Seine Lungen brannten, als würden tausende Nadeln ihn von innen stechen. Ein klarer Gedanke war nicht mehr zu formulieren doch der Gedanke an einen Tod durch Ertrinken nahm immer mehr Raum und Gestalt in ihm. Seltsamerweise löste dies in ihm keine Furcht, keine Angst aus.

Erlösung zu finden in einem immerwährenden Schlaf, das war seine Hoffnung.

Nachdem er den Zirkel verlassen hatte, sagte er sich los von all den Dingen, die er gelernt hatte in seiner Form der Spiritualität und er war bereit für das große Nichts. Er wartete auf die Umarmung des Todes, während sein Körper immer tiefer in das dunkle Nichts gesogen wurde. Er sah hinauf und sah über sich die Wasseroberfläche in der Ferne entschwinden, bis eine süße Dunkelheit ihn wie mit einer Decke zu umhüllen begann.

„Träumst du?" Und Stan öffnete die Augen. Er befand sich in einem metallenen Raum und trug einen seltsamen Overall, der ihn ein bisschen an alte Science-Fiction-Filme erinnerte. Noch andere Menschen waren anwesend. „Was ist los mit dir? Wir haben hier jetzt keine Zeit zum Träumen. Wir sind dran mit der Patrouille." Große Türen öffneten sich in dem Raum und gaben den Blick auf die Landschaft frei.

Hohe Bäume, welche an Farne erinnerten, wuchsen auf einer terrakottafarbenen Erde. Sie reckten ihre feingliedrigen Blätter in einen fliederfarbenen Himmel. Stan trat mit den anderen heraus, schaute in diesen seltsamen Himmel hinauf und sah einen blauen Punkt.

Er wusste, das war die Erde.

Q-Kapitel: Julia

Sie musste dem Alltag entfliehen. Und mit diesen Gedanken ging Julia den alten Weg zu Madame Chantalle entlang. Sie hatte die U-Bahn genommen, denn um diese Zeit war das Verkehrsaufkommen besonders stark und sie hatte keine Lust, in den üblichen Stadtstaus zu stehen und somit ihren Termin bei Madame Chantalle zu gefährden.

Die Londoner Rushhour ist mörderisch!

Pünktlich erreichte sie das Domizil des Mediums. Sie läutete. Ein alter, knorriger Butler öffnete die Tür und fragte: „Was wünschen Sie?" Julia antwortete höflich, dass sie einen Termin bei Madame Chantalle habe und der Butler führte sie in jenen düsteren Salon, den sie von ihrer ersten Sitzung her kannte. Madame Chantalle war noch nicht anwesend. Julia lächelte in sich hinein und dachte, das gehört wohl zur Inszenierung, das Auditorium warten zu lassen bis dann die Erwartung durch das Erscheinen des Superstars erlöst wird. Eine doppelflügelige Tür öffnete sich und Madame Chantalle betrat den Raum. Eine sehr alte Dame. Julia fiel besonders die Spannung auf, die die alte Frau in ihrem Körper hatte. Obwohl der Körper alt zu sein schien, strahlte er doch eine Juvenilität aus, die unheimlich erschien. Madame Chantalle war schwer zu schätzen, doch Julia schätze sie auf weit über achtzig.

Große grüne Augen, wie strahlende Smaragde, ruhten auf Julias Gesicht und wieder hatte sie den Eindruck, ihr würde in ihre Seele geblickt. Madame Chantalle nahm Julias Hände und führte sie zu dem großen, runden, schweren Tisch. „Nein meine Liebe", sagte Madame Chantalle, „heute werden wir nicht die Karten befragen. Und heute wirst du nicht mehr suchen, sondern du wirst Antworten finden auf alle deine Fragen. Ein dunkler Schatten, wie die Schwingen eines großen schwarzen Raubvogels, schwebt über deinem Leben. Die Feinde des Lichtes und des Lebens haben ihre Finger nach dir ausgestreckt". Und Madame Chantalle erzählte ihr die Geschichte ihrer geplanten Opferung. Julia war entsetzt.

Sie glaubte nicht wirklich an geistige Kräfte, aber es war so Zuversicht verheißend und doch ein bisschen gruselig. Dieses Entsetzen waberte wie Wellen durch ihr ganzes Bewusstsein. „Du musst nach Hause junges Medium", sagte vielversprechend Madame Chantalle zu ihr. Wieso nennt sie mich Medium, dachte Julia. In Windeseile holte Madame Chantalle eine Schachtel, die mit Krokodilleder bespannt war. In ihr befand sich ein weißes Pulver und Julia dachte, das sei die Quelle ihrer Inspiration, die alte Dame konsumierte Drogen. Als hätte Madame Chantalle ihre Gedanken erraten, lächelte sie Julia an und sagte: „Nein, das ist gemahlener Bergkristall, Silicea, erschaffen aus den Kristallen des Portals der Zeit. Ich bin eine Lichtschwester aus der Schwesternschaft der Großen Mutter. Du wurdest zu mir geschickt, damit ich dich an einen Ort bringe, der dich schützt. Eine von uns wird dich dort erwarten." Und Madame Chantalle streute das Pulver um sie herum. „Fürchte dich nicht", hörte sie noch Madame Chantalles Stimme. Das Kristallpulver begann zu glühen und Julia hörte ein Surren in ihrem Kopf. Plötzlich versank der Raum um sie herum in einem milchigen Nebel. Sie hörte noch in ihrem Kopf die Anweisung von Madame Chantalle: „Heb deine Arme und teile die Nebel, tritt ein in das mystische Reich von Atlantis".

Julia tat, wie ihr geheißen und vor ihr lag eine Lichtung. Ein wunderschöner Park, der eine strahlend monumentale Pyramide umgab, die aus klarem Kristall zu bestehen schien. Nun war sie da in jenem sagenumwobenen Land, das Plato Atlantis nannte. In ihr regte sich seltsame Freude.

Ich bin angekommen.

Atlantis

Kapitel 1

Gemini warf sein fahles Licht auf die Oberfläche des Mars und der zweite Mond begann unterzugehen. Versonnen stand Stan am Fenster und schaute in die unwirkliche Landschaft. Ihm kam sein Versinken im See in den Sinn. War er nun tot? War das hier das Jenseits? Nein, er wusste, dass er durch das Portal gegangen war. Er befand sich nicht in einer jenseitigen Welt der Seelen, sondern auf einer Reise durch die Zeit und er war in einem Alter Ego seiner eigenen Persönlichkeitsstruktur zu einer fernen Vergangenheit gereist, in der der Mars bewohnt war.

Ein äußerst fruchtbarer Planet mit einer starken Atmosphäre, die die Oberfläche vor den zerstörerischen Strahlen der Sonne abschirmte. Er selbst war ein Wächter. Er befand sich in den Wächterschulen des Lichtes auf dem Mars. Besonders erwählte Wesen des Universums wurden hier von einer Lichtkaste geschult und alle Wächter nannten diese Lichtkaste Engel. Einer seiner Lehrer, die er während seines Aufenthaltes hier schon kennengelernt hatte, war der Engel des weißen Lichtes: Melchisedek, der als Verkörperung eines Meisters Gestalt angenommen hatte und von allen ehrfurchtsvoll Seraphis genannt wurde.

Die Erde, ein junger Planet in der Nachbarschaft, wurde gerade besiedelt und das Reich der Vereinigten Staaten von Atlantis feierte sein hundertjähriges Bestehen. Ein junger Staatenbund, welcher bei verschiedenen Wesenheiten des Universums kritisch beäugt wurde, denn noch nie fand eine solche Übereinkunft und friedvolle Koexistenz verschiedener Spezies im Universum statt. Geleitet wurde dieser Bund der Völker durch ein Gremium, das ehrfurchtsvoll „Die Zwölf" genannt wurde. Er als Wächter wurde ausgebildet, um in einem Hof einer dieser Zwölf seinen Dienst zu verrichten.

Stan wird sich entscheiden müssen, zu welchem Hof er gehören sollte, doch augenblicklich war er noch nicht so weit, denn dieses erforderte ein höheres Wissen, eine höhere Einweihung in die geheime Welt der Lichtlenkungen von Atlantis.

Plötzlich fühlte er sich von hinten angestupst. Eine große Siran-Katze hatte den Raum betreten. Spätere archäologische Funde werden sie als Säbelzahntiger bezeichnen. „Was machst du denn hier, du Streuner", sagte Stan zärtlich und strich der großen Raubkatze friedvoll über den Kopf. Sie begann zu schnurren und das Vibrieren ihres Körpers trug sich fort in ihre dolchartigen Säbelzähne, die ebenfalls zu vibrieren begannen. Stan spürte diese Vibration durch die Beine seines Overalls. „Du hast wohl Hunger und hast keine der Moti-Antilopen erwischt. Ja die Tiere sind schlau und lassen sich nicht gerne fressen. Ich schaue einmal nach, ob ich etwas für dich finde." Und wie ein sanftes Hündchen schlich die dreihundertfünfzig Kilo schwere Raubkatze hinter Stan her in Erwartung eines leckeren Futters.

Ein neuer Tag auf dem Mars brach an. Nach den morgendlichen Verrichtungen, zu denen das Besingen des Sonnenlichts gehörte, und nach der Segnung durch die Lehrer an die Schüler ging Stan zum Hangar. Dort befanden sich elliptische Schiffe aus einem hochglänzenden Material, das nur auf den Planeten um die Doppelsonne Sirius A und B gewonnen wurde. In späteren Kulturen auf der Erde wurde dieses Metall Elektrum genannt, eine artifizielle Herstellung dieses mystischen Metalls in einer Legierung aus Gold und Silber. Doch das Original stammte aus den Überresten der planetaren Erschaffung von Sirius A und B.

Wie große Sauriereier schwebten die Schiffe im Hangar und einige der Wächter waren damit beschäftigt, kristalline Dioden der Schiffe auszuwechseln um sie einsatzfähig für Reisen zwischen den Dimensionen zu halten. Sie überflogen keine Distanzen, sondern sie traten ein in einen Raum der Dimensionen und durchschritten diese. So dauerte eine Reise, die nach menschlichem Ermessen tausende von Jahren benötigte, nur wenige Sekunden. Stan war eingeteilt, diese Reisemaschinen zu warten. Er erfüllte diese Aufgabe gern, denn innerhalb weniger Stunden erlernte er nach seiner Ankunft auf dem Mars in den atlantischen Inkubatoren alles, was er wissen musste über diese Technik und über das gesellschaftliche und spirituelle Zusammenspiel des atlantischen Aufbaus. Ein Lernen nach menschlichem Ermessen und nach menschlichem Verhalten würde bei der Fülle der kosmischen Informationen viel zu lange dauern. Und so „lernten" Atlanter über die Übertragung von Gesamtwissen aus dem sogenannten Zentralbewusstsein der Pyramide von Poseidonis, ohne jedoch dabei ihre eigene Individualität zu verlieren, denn auch diese wurde immer wieder eingespeist in das gesamte Bewusstsein. Eine homogene und harmonische Masse von Information, Bewusstheit und Eloquenz.

Das Licht der Sonne spiegelte sich in den Reiseschiffen und sie boten einen überirdisch schönen Anblick. Stan beobachtete, wie ein Schiff die Halle verlies und wie es sich auf der Startbahn in Position brachte. Er wusste, dass es nun abheben würde in Richtung Erde. Da es sich nicht um eine weite Distanz handelte, mussten hier keine Dimensionen geteilt werden; so zu sagen eine Kurzstrecke und nach menschlichem Eindruck dauerte die Reise zur Erde fünfzehn Minuten. Ein leichtes Summen erfüllte die marsianische Luft und Stan beobachtete, wie die Pflanzen der Umgebung sich dem Lichtschiff zuneigten.

Die Kristalle im Lichtschiff bezogen ihre Energie aus der sie umgebenden Natur. Es gab nichts, was man mit Treibstoff oder Kerosin vergleichen konnte. Auch war keine Kernspaltung von Nöten, denn alles lieferte der Planet selbst und die Natur.

Kreisrunde Regenbögen bildeten sich um das silberne Ei und spiegelten sich in seiner Oberfläche. Und es entschwand in Richtung Erde.

Kapitel 2

Gwendy war erwacht. Wo war die dunkle Nacht und wo waren ihre Schwestern? Was war das für ein Kleid? War sie in Trance? Gwendy biss sich auf die Unterlippe, was sie immer tat, wenn sie nicht wusste, wie es weitergehen sollte. Der Eindruck ihrer Zähne auf ihrer Unterlippe ließen sie spüren, dass sie sich nicht in Trance befand. Sie lag in einem Mapo-Hain und der schwere Duft der Blüten erfüllte die Luft. Sie sog diesen Duft in sich ein und sie spürte, wie er sie beruhigte. Ein wenig erschrak sie, als sie den großen Drachen über sich hinwegfliegen sah. Es war nur ein Sekunden dauernder

Eindruck, aber sie spürte die machtvolle Energie, die von diesem Wesen ausging. Sie ertappte sich bei dem Gedanken, dass es eine Flugechse oder ein Tier sein müsse, doch anhand des energetischen Feldes des Drachen spürte Gwendy, dass es kein Tier, sondern ein hohes Bewusstsein war, welches nicht aus dem Leib der Mutter Erde stammte. Plötzlich hörte sie Schritte. Angstvoll raffte sie sich auf und versteckte sich hinter einer großen Mapo-Pflanze, die mit ihren süßen Früchten voll behangen war.

„Hab keine Angst", hörte sie, „du musst dich nicht verstecken. Ich habe dich durch das Dimensionstor fallen sehen", sagte die Stimme. Gwendy wusste nicht, wie sie diese Stimme einordnen sollte. Auf der einen Seite erschien sie ihr freundlich, auf der anderen Seite aber auch sehr machtvoll und sie wusste nicht, ob sie sich nun fürchten oder freundlich reagieren sollte. Im Widerstreit ihrer Gefühle und trotz der guten Ausbildung durch ihre Mutter, ihre Großmutter und der Schwestern ihres Zirkels befand Gwendy sich in einem Ausnahmezustand ihrer Gefühle. Sie brach in Tränen aus und ein lautes Schluchzen verließ Gwendys Mund. In diesem Augenblick spürte sie, wie die Pflanze, hinter der sie sich versteckt hatte, ihre großen Blätter um sie legte, so als wolle sie ihr Trost spenden.

„Das musst du nicht tun, Mapo", hörte sie die Stimme sagen. Und zwischen den großen Blättern strahlte Gwendy ein freundliches Gesicht an mit großen mandelförmigen, tiefschwarzen Augen und einem haarigen Gesicht. „Mein Name ist Lea", sagte dieses haarige Gesicht, „sei willkommen im Gebiet von Lemurien" und Gwendy fiel auf, dass sie ihre Lippen nicht bewegte, während sie zu ihr sprach. Lea kommunizierte über den Geist, Lea war eine Lemurianerin. Die

Güte und die Freundlichkeit, die sie aus diesen großen, schwarzen Augen anblickten, war für Gwendy ein Tor, Trost zu finden und sie baute ein Gefühl der Zuneigung zu Lea auf. Die Mapo-Pflanze löste ihre liebende Umarmung um Gwendy.

„Was bist du für eine schöne Nixe", sagte Lea, „und was machst du hier bei uns auf dem Mapo-Feld?"

„Ich bin keine Nixe", sagte Gwendy, „ich bin ein Mensch und ich komme aus Irland."

„Irland habe ich noch nie gehört", sagte Lea.

„Wo bin ich hier", sagte Gwendy.

Lea sagte: „Du bist im Reich von Atlantis. Dein Land Irland wird erst in vielen Millionen Jahren existieren. Du bist durch das Dimensionstor gefallen, aus einer irdischen Zukunft, die wir nur erahnen. Von deiner Warte bist du in der Vergangenheit der Erde, von meiner Warte aus in der Gegenwart. Komm, ich zeige dir unser Land und verzeih mir, dass ich dich für eine Nixe gehalten habe, aber deine schönen grünen Augen kenne ich nur von den Bewohnern des Ur-Ozeans, den Nixen, und sie gehören zum Blauen Volk. Gerne würde ich dir ihre Königin vorstellen, sie heißt Aquala, und heute ist sie bei uns zu Gast, um mit uns das Fest der Mapo-Blüte zu begehen".

Eine behaarte Hand mit drei Fingern streckte sich Gwendy entgegen, wie eine Klaue, aber Gwendy nahm diese Fellhand und Lea zog sie hinter der Mapo-Pflanze hervor. Und Gwendy sah, wie groß Lea war.

„Seid ihr Lemurianer alle Riesen?", sagte Gwendy.

Lea lachte in ihrem Geiste und sagte, sie würde immer damit geneckt, so klein geblieben zu sein. „Warte einmal, bis du die Anderen siehst" und Lea reckte ihren drei Meter fünfzig großen Körper nach oben, um ein bisschen größer zu wirken. Leas Arme reichten fast bis zum Boden und so war das Halten von Gwendys Hand kein Problem für sie. Nach einigen Metern des Weges entschloss Lea sich aber, Gwendy auf ihren Nacken zu setzen, denn Gwendy kam mit der Schrittlänge Leas nicht zurecht. Ein Schritt von Lea bedeutete acht Schritte für Gwendy. Und so ritt die junge Priesterin der Göttin auf dem Nacken der Lemurianerin hinein in eine neue Welt.

Kapitel 3

Auch Julia erlebte Neues. Nach ihrer Ankunft, die Madame Chantalle ermöglicht hatte, befand sie sich in einer parkähnlichen Landschaft und blickte direkt auf eine überdimensioniert wirkende große Pyramide, die aus reinstem Kristall zu bestehen schien. Ihre Gefühle waren seltsam verwirrt und doch erschienen ihr die Gegebenheiten vertraut.

Es breitete sich in ihr keine Unruhe aus, sondern eher eine Gewissheit, an einem guten Ort zu sein, obwohl vieles um sie herum neu und unwirklich erschien. Ein mystisches Leuchten umgab dieses Gebäude vor ihr, so als würde das Bauwerk aus Kristall strahlen und funkeln, als verfügte es über eine eigene Energiequelle, die es leuchten ließ. Unweigerlich ertappte sie sich bei dem Gedanken, dass dieses Gebäude durchaus Modern Art war. Sie fühlte sich von dem Leuchten und dem Glanz dieser Pyramide angezogen und so schritt sie vorbei an den kunstvoll kupierten Pflanzen, die sich ihr zuzuneigen schienen, als sie an ihnen vorüberging. Ihre Kleidung erschien ihr unvorteilhaft in dieser Umgebung. Es war viel zu warm und ihre Füße brannten, als würde sie auf einer heißen Ofenplatte spazieren gehen. Und der Schmerz wurde größer. So entschloss sich Julia, ihre Schuhe auszuziehen und sich ihrer Socken zu entledigen. Als sie den Boden berührte mit ihren nackten Füßen erschien ihr der Boden angenehm kühl und das Brennen auf den Fußsohlen ebbte unverzüglich ab. „Nun hast du Kontakt", hörte sie eine Stimme in ihrem Kopf, und sie sah sich um, wer da wohl zu ihr gesprochen hatte. Doch sie sah niemanden. Seltsam, dachte Julia, ich höre Stimmen und dabei musste sie lächeln, denn vor Kurzem hatte sie im Theater eine schizophrene Frau gespielt. Nun, dachte sie amüsiert, fange ich auch schon an.

Ihre Neugierde wuchs ins Uferlose. Obwohl sie in einer fremden Umgebung war, die ihr vertraut erschien, machte sie sich auf Entdeckungsreise. Sie wollte dieses Areal erkunden und plötzlich erstarrte ihr Körper. Sie konnte sich nicht mehr bewegen, obwohl sie es wirklich wollte. Ihr Körper schien von einer fremden Macht gebannt zu sein. Keine Regung, nicht einmal ein Lidschlag war möglich. Und wieder eine Stimme in ihrem Kopf, die sagte: „Das ist noch nichts für dich". Langsam spürte Julia in sich Panik aufsteigen, Angst. Noch nie hatte sie wirklich die Kontrolle verloren, abgesehen von einigen Ohnmachten, die sie erlebt hatte. Aber aus dem vollen Lauf wurde ihr Körper noch nie gestoppt. Die physikalische Energie der Trägheit ihrer Bewegung hallte noch in ihrer Muskulatur nach und ließ ihre Sehnen bis zum Bersten angespannt sein. Alles um sie herum bewegte sich, der Wind strich durch die Pflanzen und Bäume, doch sie stand da wie eine Statue, wie im Lauf gefroren. Und wieder diese Stimme: „Fürchte dich nicht!" Julia fürchtete sich, selbst die Aufforderung dieser wohlmeinenden Stimme konnte es nicht verhindern, dass ihre Panik größer wurde.

Julia bemerkte, dass dieser Stress sich mehr und mehr auf ihre Atmung legte und sie bekam Angst zu ersticken. Plötzlich verdunkelte sich die Sonne über ihr, so, als würde ein riesiger Schatten sich über sie senken. Und sie sah, wie sich riesige Klauen eines Drachens sanft um ihren Leib schwangen. Dann erhob er sich in die Luft. Deklet hatte sie in ihren Händen und trug sie fort von dem heiligen Ort der Pyramide von Poseidonis. Er trug sie fort in sein Reich, welches im Zentrum der Argab-Berge lag.

Sie flog durch die Luft und in ihrem Kopf ertönte die Stimme: „Atme Tochter des krummhornigen Bergschafs", und Julia wusste, wer sie war.

Kapitel 4

Welch wunderbarer Ausritt. Auf dem Rücken eines Lemurianers ist eine vortreffliche Art zu reisen. Geschickt sprang Lea über die Geröllhalden der Ottus, einer Sternenrasse, die Steine zu wundervollen Gebilden und Landschaften auftürmten. Ohne eine Erschütterung und grazil wie eine Bergziege bewegte sich Lea. Trittsicher. Nach einiger Zeit in Richtung der Argab-Berge sah sie eine Hügelkette und Lea sagte ihr: „Dort lebt unser Volk". Lea durchschritt mit ihr blühende Gärten und unendlich scheinende Felder, bepflanzt mit der Mapo-Pflanze, einer Pflanze, deren Bedeutung eine Besondere zu sein schien. Denn Gwen beobachtete, dass Lea tunlichst darauf bedacht war, keine dieser Pflanzen durch ihren Tritt zu schädigen oder sie gar zu berühren. Gwen spürte Leas Emotionen und war tief ergriffen von der Achtsamkeit, die sie in Leas Gefühlen spürte. Lea bemerkte sofort, dass sie abgescannt wurde, und sagte in einem inneren Dialog zu ihr: „Habe Ehrfurcht vor allem was ist, denn du kennst nicht den Grad des Bewusstseins dieser Spezies". Und Gwen war berührt von diesen Worten.

Sie kamen an ihr Ziel: eine Art Siedlung. Um einen elliptischen Platz herum befanden sich Kugeldrusen, die den Lemurianern als Wohnstätte dienten. Jede Familiengruppe hatte ihre eigene Druse und diese friedeten harmonisch einen elliptischen Platz ein. Im Zentrum dieses Platzes befand sich ein riesiger kristalliner Obelisk, auf dessen Spitze ein achtzackiger blauer Stern aus Lapislazuli prangte. „Diesen Stern kenne ich", sagte Gwen zu Lea, „er war Teil meiner Zeremonie", und Gwen erzählte Lea, was in der Nacht zuvor geschehen war. Tief berührt hörte Lea zu.

„Was bist du doch für ein seltsames Wesen", sagte Lea, „ich habe Interesse, dich besser kennenzulernen." Lea nahm Gwen von ihrer Schulter und sofort kamen andere Lemurianer auf den Platz geströmt um zu schauen, wen oder was Lea dort angeschleppt hatte. Etwas ängstlich versteckte sich Gwen hinter Lea und sie bemerkte, dass die Lemurianer miteinander sprachen in einer Sprache, die sie nicht verstand. „Verzeih", sagte Lea, und berührte mit einem ihrer drei Finger Gwens Herz und dann Gwens Stirn und Gwen verstand alles. „Nun bist du assimiliert", sagte Lea „und du hast die Fähigkeit, uns zu verstehen und auf unsere Art und Weise mit uns zu kommunizieren. Habe keine Angst vor uns, auch wenn dich unser Aussehen und unsere Größe erschrecken." Die Lemurianer kamen zu ihr. Einige gingen sogar auf allen vieren, um kleiner zu erscheinen, weil sie spürten, dass Gwen sich erschrak. Aber schon nach wenigen Minuten hatte Gwen ihre Scheu verloren und die Lemurianer hießen Gwen in ihrer Gemeinschaft willkommen. Sie setzten sich auf die Ellipse und Gwen saß mitten unter ihnen. Und sie begannen zu singen. Sie sangen das uralte Lied des ewigen Lebens, von den Reisen der Seele und der Kristall in ihrer Mitte begann zu leuchten. Und bunte Wesen, klein und zierlich, in allen Farben des Regenbogens, verließen diesen Kristall. Gwen wurde Zeuge der Geburt des Blauen Volkes. Sie wurde Zeuge, wie Feen, Elfen und Gnome geboren wurden, geboren durch die Liebe des Kristalls, zum Leben erweckt durch den Gesang von Lemurien:

Lady Nada Channeling

Gesegnet, gesegnet sind jene, welche verbunden sind mit den Ebenen des Hauses Rhubinius. Sie repräsentieren das fleischgewordene Lied des ewigen Flusses des Lebens. Wir, die rubinrotgoldene Flamme sind der Kohan des Hauses Rhubinius. Alle Dinge der Materie, auch in der materiellen Welt eurer Zeit, werden gelenkt und beseelt von jenen Wesen, die ihr in euren Mythen Haus Rhubinius, Feen und Elfen nennt. Sie unterstützen und dienen eurer Schöpfungskraft und sind euch als dienstbare Geister und Wesenheiten von euren Ur-Vätern und Ur-Müttern an die Seite gestellt worden. Euer lemurianisches Erbe befähigt euch dazu, mit diesen Wesen zu kommunizieren und sie partizipieren von eurer Mitschöpferkraft. Ladet sie ein in das Dasein eurer Alltäglichkeit. Erlaubt ihnen, am Gestalten eures persönlichen Alltags teilzunehmen. Somit werdet ihr recht schnell positive Effekte in eurem Da-

sein verspüren und Resultate in eure Materie hinein. Geliebte,
wie wollt ihr einen Hefeteig zum Gehen bekommen ohne He-
fe? Das Haus Rhubinius ist, bildlich gesprochen, die Hefe, die
eure Schöpfung in Materie umsetzt. So ist das energetische
Einladen des Blauen Volkes in euren Lebensraum ein Garant
für euer Wohlergehen. Erkennt dieses und seid im Segen!

Kapitel 5

Das Lichtschiff war entschwunden und Stan ging zurück in
den Hangar. Dort verrichtete er für einige Stunden Arbeiten
an den Kristallen. Durch den Gebrauch der sie umgebenden
Energien verschmutzten sie sehr leicht, wenn lebensfeindli-
che Energien in der Nähe waren und sie bedurften einer
anschließenden Überprüfung und Reinigung. Als Stan einen
kleinen Kristallobelisken in den Händen hielt, der zu einem
Steuerungsmodul gehörte, dachte er, was Gedanken doch
bewirken können, wenn sie ungelenkt in die Natur entlassen
werden. Sie verhindern die Reise in eine neue Dimension
und können sie sogar blockieren. Mürrisch versuchte er den
Schatten aus dem Kristall zu entfernen. Doch je mürrischer
er wurde, desto dunkler wurde der Kristall. Ein freundlicher
Klaps auf seinen Rücken riss ihn aus seinen Gedanken und
augenblicklich leuchtete der Kristall in seinen Händen auf.

Der Meister Seraphis stand hinter ihm. „Wo bist du
nur mit deinen Gedanken Stan", tadelte ihn lächelnd Seraphis. „Schmutz kann man nicht mit Schmutz entfernen",
sagte er. „Auch wenn sich der Schmutz noch so sehr in
einem mitfühlenden Gedanken versteckt. Das lehrt dich der

Kristall in deinen Händen." Die Anwesenheit des Meisters erzeugte in Stan Glücksgefühle.

Ach könnte ich doch auch so sein wie Seraphis, dachte Stan, immer ausgeglichen, fröhlich und zentriert. „Komm, geh mit mir ein Stück", sagte Seraphis. „Komm heraus aus der Halle und lass dir etwas Sauerstoff um deine menschliche Nase wehen". Seraphis ging mit ihm unter den alten Farnbäumen, die sich hinter dem Wohncontainer der Wächterschule befanden auf einem Weg spazieren, der mit polierten Rubinen gepflastert war und Seraphis fragte ihn: „Was lernst du jetzt?"

Stan antworte frech: „Nichts".

Seraphis lächelte und sagte: „Was sieht du? Schau dich um."

Stan sah, wie die Blätter der Farnbäume sich Seraphis zuwandten. Und Stan antwortete: „Ich sehe, Meister, wie selbst die Natur sich deiner Weisheit zuwendet."

„Irrtum", sagte Seraphis. „Du siehst nur das Bewegen der Blätter und du wünscht dir, so zu sein wie ich. Doch du bist weit mehr, denn du bist du. Und meine ehrenvolle Aufgabe besteht darin, dir dich zu zeigen. Das Leben an sich zeigt dir in einem diamantenen Spiegel deine wahren Farben und dein wahres Sein. Erkennst du sie und lebst du sie, so wird sich die Natur dir zuneigen und dich als ein Teil ihrer selbst erkennen. Und alle Dinge werden dir zum Besten dienen. Verstehe, junger Wächter, du bist das Zünglein an der Waage. Kein Schicksal, kein Kristall, kein Meister hat Macht über dich, es sei denn, du gibst deine Macht durch ein ohnmächtiges Bewusstsein ab." Stan erkannte, dass Seraphis zu seiner Seele gesprochen hatte. Seraphis verabschiedete sich und verschwand unmittelbar vor seinen Augen in eine andere

Dimension. Da stand er nun unter den Farnbäumen alleine. Er beschloss, noch ein Stück auf seinem Säbelzahntiger auszureiten, drehte sich um und ging in Richtung Wohngebäude. Am Wegesrand blühte eine kleine Glockenblume. Stan bemerkte nicht, wie sie sich vor ihm verneigte.

Kapitel 6

Wie im Zeitraffer raste die Landschaft unter Julia dahin und sie näherten sich ihrem Ziel. Sie wurde sanft auf den Boden gestellt und um sie herum befanden sich riesige Cluster aus Obsidian. Augenblicklich löste sich ihre Starre und auch ihre Atmung beruhigte sich und die schmerzenden Muskeln hörten auf sie zu peinigen. „Verzeih mir, nur eine kleine Vorsichtsmaßnahme. Dies ist die Art, wie wir jagen. Unsere Beute in anderen Welten wird paralysiert. Ich musste dieses mit dir auch tun, nicht weil du meine Beute bist, sondern ich bin gekommen um dich zu unterrichten. Mein Name ist Deklet und ich stamme vom Sternenbewusstsein Malath. Ich bin das, was ihr einen Drachen nennt." Julia schaute sich um und vor ihr erschien ein stockwerkhohes Gebilde aus Fleisch und Schuppen, ein Kopf, so groß wie ein Einfamilienhaus und feurig rote Augen blickten sie an. Das also war Deklet.

Seine Schuppen schimmerten im Sonnenlicht von Grün über Türkis nach Petrol. Ein grüner Drache mit roten Augen, als würde er einer chinesischen Oper entsprungen sein, mit langen Barten und riesigen Flügeln, die er gerade kunstvoll an seinen Körper faltete. „Erschrecke dich nicht", sagte Deklet zu Julia und versuchte, menschliches Lächeln nachzuahmen, das aber eher so aussah, als würde er seine Lefzen heben und so eher bedrohlich aussah als lächelnd. „Ich werde dich nicht wieder paralysieren. Jedoch befürchtete ich, dass du zu zappeln und zu schreien beginnen würdest. Und so hätten meine Klauen dich verletzen können. So warst du ruhig und es konnte dir kein Leid geschehen. Ich habe noch einige Ausflüge mit dir vor", sagte Deklet. „Wenn du mir versprichst, dich nicht zu wehren, brauche ich dich nicht zu lähmen." Julia war erstaunt über die Freundlichkeit dieses Drachenwesens, denn sie hatte befürchtet von ihm als Vorspeise gesehen zu werden.

„Du jagst also Tiere", sagte Julia, „um sie dann aufzufressen?"

„Nein", sagte er, „ich jage körperlose Energien, um mir diese einzuverleiben, zu einem Teil von mir zu machen. Ich töte nicht! Ich kann es mir nicht vorstellen, einen Tier- oder Pflanzenkadaver zu essen", und dabei schüttelte er so heftig seinen Kopf, dass seine Barten wie Peitschen um ihn flogen. Julia musste unweigerlich lachen. Ein Drache, der sich ekelt, so etwas hatte sie sich selbst in ihren kühnsten Vorstellungen nicht träumen lassen und in ihrem Herzen stieg ein Gefühl der Sympathie für dieses Geschöpf auf. Und Julia wusste, sie hatte einen Freund für die Ewigkeit gefunden.

Deklet führte Julia in seine Behausung. Eine sehr freundliche und helle Höhle, welche durch leuchtende Silikate an der Decke erhellt wurde. Auch eine breite Nische war in der Decke, in der kunstvoll arrangierte Kristalle das Sonnenlicht fingen und es in die Höhle warfen. Für Julia war eine abgetrennte Nische in der Höhle eingerichtet worden. Dort war so etwas wie ein Tisch, ein Brocken aus einem fein behauenen Rosengranit, der als Stuhl diente und eine Hängematte, die aus einem feinen Tuch gewebt war. Eine Art Tuch, das Julia nicht kannte. „Dieser Stoff ist von den Töchtern der Erde", sagte Deklet, „ihr nennt sie Spinnen. Es ist das stärkste Material, das eure Erde hervorgebracht hat, die Seide der Spinne."

Deklet gab Julia mit einer Kralle seiner rechten Vorderpranke einen Schubs. Julia fühlte sich, als hätte sie ein Bus gestreift und flog mit einer hohen Geschwindigkeit auf ihre Hängematte, die federnd und weich unter ihr nachgab und sich ausschaukelte. Der Drache schüttete sich aus vor Lachen: „Wie zerbrechlich ihr doch seid, da muss ich als alter Lehrer, der die Äonen durchschritten hat, auch noch lernen. Ich hoffe, ich habe dir nicht wehgetan." Julia schmunzelte und erinnerte sich an ihren Schauspielunterricht und gab gekonnt die Rolle der Schwerverletzten. Besorgt schaute Deklet, stellte aber fest, dass es nur ein Spiel war. „Was treibst du mit einem alten Lehrer", schalt sie Deklet. „Hinter der Höhle wächst Mapo für dich. Gehe und ernähre dich, denn morgen beginnen wir mit den Unterweisungen."

Kapitel 7

Gwen entdeckte ihre neue lemurianische Welt und sie war tief bewegt von der Freundlichkeit, mit der die Lemurianer alles behandelten, was sie umgab. Besonders eindrücklich war es für sie, als ein großer männlicher Lemurianer, der um die achthundert Erdenjahre alt war, verträumt vor seiner Wohndruse saß und ein Schmetterling sich auf sein linkes Ohr setzte. Mit der Grazialität einer Primaballerina nahm er den Schmetterling mit seiner linken Hand, betrachtete ihn von allen Seiten, lächelte ihm zu und hauchte ihn an.

Lea sagte zu ihr: „Er spendet ihm Lebensenergie. Das tun wir immer, wenn uns etwas berührt. Wir geben etwas von unserem eigenen Leben und teilen es somit. Das ist das Geheimnis unseres Alters", sagte Lea, „denn nur, wenn du Leben teilst, vermehrt es sich."

Lea führte Gwen in eine eigene Wohndruse. Sie war deutlich kleiner als die der Lemurianer. Lea musste sich wirklich bücken, als sie in die Wohndruse ging, und die Druse war vollkommen leer. Gwen sagte: „Ein bisschen an Möbeln brauche ich schon. Ein Bett, einen Stuhl, einen Tisch, vielleicht auch einen Schrank für meine Sachen, die ich mir hier nach und nach erwerben muss."

Ungläubig starrte Lea sie an. „Wie du brauchst? Es ist doch alles da!"

Gwen sagte: „Ja wo denn, ich sehe doch nichts."

„Um dich herum", sagte Lea. „Und vor allen Dingen in deinem Kopf. Siehst du, dass alles, was um dich ist, ein Gitterwerk von Atomen ist, alles Netze mit unterschiedlicher Dichte? Ich weiß nicht, was ein Stuhl ist", sagte Lea, „aber dieser Stuhl muss für dich eine große Wichtigkeit haben, denn ich fühle in deinem Kopf ein Bild. Alle Materie umgibt dich. Lenke sie und die atomaren Gitter werden das Gitter der Wesenheit Stuhl für dich erschaffen, weil du es willst. So ist es mit allen Dingen, mit allen Wesen, die du brauchst. Erschaffe sie! Das ist das Geheimnis des atlantischen Äons. Eine Erschaffung aus den Dingen, die einen umgeben, eine Kreation."

„Wie mache ich dieses?", fragte Gwen. „Einfach an einen Stuhl denken und er erscheint aus dem Nichts?"

„Nein", lachte Lea, „einfach einen Stuhl lieben und er kommt zu dir."

Und Gwen begann zu lieben. Sie liebte den Stuhl in ihrem alten Kinderzimmer, auf dem sie so oft gesessen hatte, während die Mutter an ihrem Spinnrad spann und von ihren Visionen erzählte. Und sie spürte eine warme Welle in sich aufsteigen, eine Welle von Liebe und schöner Erinnerung, und der Stuhl stand in ihrem Raum.

Channeling Seraphis Bey

Wir sind das Licht des weißen Strahls, wir sind Seraphis Bey und wir entbieten unsere Grüße aus dem ätherischen Tempel über Luxor und grüßen euch. Als Leser dieser Geschichte seid ihr nun angekommen an einem wichtigen Kapitel, an einem wichtigen Lehrsatz, den ich euch vermitteln möchte in eurem Dasein, in eurer Natur. Egal wo ihr nun meine Worte lest, ob im Bett, in eurem Wohnzimmer oder auf einer Reise oder ob ihr meine Stimme in einem Autoradio hört, erkennt, begreift, dass euer gesamtes Dasein eine Abfolge von Erschaffung ist. Wenn dich die Traurigkeit über dein Dasein wie ein dunkler großer Schatten verfolgt, ist es wichtig, dir mitzuteilen, dass nur du die Kraft hast, diesen Schatten über deinem Haupt hinfortzubefehligen, denn so wie du der Kreator des Lichtes bist, kannst du auch den Schatten kreieren. Du wünscht dir Liebe und doch hat sie keinen Raum in deinem Leben. So wie Gwen in dieser Geschichte sich ihren Stuhl manifestierte, bist du in der Lage, dir dein Lebensglück zu manifestieren. Hierbei steht nicht das „ich will" im Vordergrund, sondern lies dieses Kapitel noch einmal mit Bedacht: Manifestation ist der Ausdruck der vollkommenen Liebe. Du musst mit etwas in Liebe verbunden sein, um es über die Kräfte des Hauses Rubinius in die Existenz zu bringen. Du sollst nicht etwas wollen, sondern etwas lieben, und nicht, weil du brauchst oder benötigst, sondern weil du etwas teilen möchtest, mitteilen möchtest, so wie der alte Lemurianer dem Schmetterling einen Teil seines Lebens gibt. In der alten Zeit nanntet ihr dieses aufopfern, so möchte ich es aber nicht nennen. Ich möchte es liebendes Gewahrsein nennen. Neige dich deinem Leben in liebendem Gewahrsein zu und erkenne, wie sich aus den atomaren Gittern der Gedanken, gewebt durch unzählige Feen, die Liebe in deinem Leben manifestieren kann. Komm und probiere es aus, sei erstaunt in Freude über die Möglichkeiten deiner Kraft. Dies ist der Weg deiner Initiation, der Weg deines Aufstiegs in das Entdecken des freundlichen und süßen Geschmacks deines Lebens. Sei im Segen.

Kapitel 8

Stan genoss den Ausritt auf seiner Siran-Katze. Gemütlich trabte das Raubtier durch die Landschaft und Stan liebte das Schaukeln auf ihrem Rücken. Es fühlte sich sehr kompakt an und er spürte die Muskeln und Sehnen der voluminösen Katze. Stan hatte nun frei und er genoss den Abend. Heute wollte er noch mit einigen seiner Wächterschüler etwas Pont spielen, ein Spiel, in dem durch Gedankenkraft Kugeln in einem dreidimensionalen Raum bewegt werden und es hierbei das Ziel ist, die andersfarbigen Kugeln der gegnerischen Mannschaft aus dem dreidimensional angelegten Oktaeder zu befördern.

Stan hatte hier eine besondere Virtuosität entwickelt, besonders in der Strategie der Vorstellung und im Geheimen dankte er seinem Vater, der ihm in mühevoller Kleinarbeit in seiner Kindheit das Schachspiel beigebracht hatte. Dieses kam ihm besonders jetzt zugute.

Gemütlich trabte die Katze auf dem Heimweg. Stan entschied sich abzusteigen und gab ihr einen Klaps. Das war das Zeichen, dass sie nun ihre Abendbeute jagen konnte. Mit den Gedanken ans Spiel betrat er das Wohngebäude. Das Spielfeld war schon errichtet.

„Jetzt zeige ich euch einmal, wo der Hammer hängt", rief er fröhlich in die Menge. Und das Pont-Spiel begann.

In einem Zimmer des Hauptgebäudes befand sich eine große, kristallene Kugel, die in der Mitte des Raumes zu schweben schien. Diese Kugel leuchtete in den Farben des Perlmutt und stellte eine dimensionale Verbindung zum Sternenfeld der Plejaden dar. Melchisedek, nicht in seiner Form als Seraphis, sondern in seiner Engel-Gestalt befand sich in diesem Raum. Er kommunizierte mit den dimensionalen Foken der Plejaden und sprach mit Aquala Avala, der Königin der irdischen Nymphen, welche eine Tochter der Plejaden war und Mitglied des Hohen Rates der Plejaden. „Es ist unbeschreiblich", sagte Melchisedek, „Jahrmillionen des Konfliktes haben es nicht fertig gebracht, sie von ihrem Vorhaben abzubringen. Wir müssen einen anderen Weg finden, ihnen ihre zerstörerische Absicht zu nehmen und ich hoffe hier auf ihre Einsicht."

„Ja", sagte Avala, „doch es ist sehr schwierig, denn sie leben unmittelbar in unserer Nachbarschaft. Sie haben es vollbracht, durch eine nukleare Katastrophe ihren eigenen Planeten zu zerstören und sind in den Untergrund ihrer Welt gegangen. Dort leben sie nun seit Generationen und haben sich ihr emotionales Feld in Eigenversuchen herausgezüchtet. Nun merken sie, dass ihnen etwas fehlt und jetzt möchten sie sich mit Lemurien kreuzen. Dieses würde zum Untergang der lemurianischen Spezies führen, denn ihr genetischer Code ist äußerst dominant. Hoffen wir mal, lieber Melchisedek, dass die Grauen einsichtig sind."

Kapitel 9

Mit einem mächtigen Sprung und weit geöffneten Schwingen hob Deklet ab. In seinen Klauen Julia. Genauer gesagt befand sie sich nicht direkt in seinen Klauen, denn diese hielten ein, aus den Fasern der Mapo-Pflanze bestehendes Gebilde, eine Art Tragetuch, in dem Julia bequem die Flugreise mit Deklet antreten konnte.

Sie schwebten hinein in den Morgenhimmel. Es war ein wenig kühl für Julia und so entschloss sich Deklet, in höhere Gefilde aufzusteigen, in denen sich Julias Haut durch die Morgensonne wärmen konnte.

Deklet flog sicher und souverän und unter ihnen lag, als die Wolken sich öffneten, eine Berglandschaft, welche vulkanischen Ursprungs war. Sanft setzte Deklet am Rande eines großen Vulkankraters auf. Julia öffnete ihr Tragetuch und sie sah über die gesamte Öffnung des Vulkans. Er war erloschen, und dort, wo einst die Glut der Erde brodelte, erstreckte sich nun ein großer, silberner See. „Was für ein schönes Gewässer", sagte Julia, worauf Deklet sie sofort korrigierte.

„Nein, das ist kein Wasser. Das sind die gesammelten Tränen einer Zukunft, die im Nebel des Verborgenen liegt und die von zukünftigen Generationen der Wesenheiten dieser Erde geweint wurden. Ein Tränensee." Und Julia dachte an ihre vielen Male, die sie wegen ihrer Unfähigkeit zu lieben geweint hatte.

„Sicherlich habe ich diesen See um einige Meter steigen lassen", sagte Julia zu Deklet.

„Ach, was interessiert uns jetzt dein Jammern von morgen. Heute ist heute und du bist hier, um auch dein zukünftiges Sein im Licht zu beeinflussen und freudvoll zu leben. Dieser See", fuhr Deklet im ernsten Ton fort, „wird von den Shomana, einer Sternenrasse, welche sich mit der Ausformung von Gewächsen und Pflanzen beschäftigt auch der Seelenspiegel genannt. Wir sind hier, um ein dimensionales Tor zu errichten, damit du direkt von deinem Zimmer in unserer Wohnhöhle, ohne Flugstrecke, diesen Ort aufsuchen kannst, so häufig du willst. Konzentriere dich, du Bergschaf, und aktiviere in dir die Kraft deiner Sturheit, denn jetzt ist Konzentration gefragt."

Julia visualisierte auf ihrer Stirn ein Symbol, das Deklet ihr gegeben hatte. Es sah aus wie ein V mit Kringeln an jeder Seite. „Dies ist das Zeichen des Sternenfeldes Widder", und Deklet erklärte ihr, dass sie die Inkarnation des Mediums des Sternenfeldes Widder sei. „Jedes Medium von Atlantis durchläuft alle zwölf Zeichen und du bist nun der Thron des Widders. Dieses Symbol ist ein Symbol des Neuanfangs und des Erwachens. Visualisiere es auf deiner Stirn und schau in den Seelenspiegel hinein. Vergangenes, Gegenwärtiges und Zukünftiges wird sich dir offenbaren, jedoch in einer wilden Mischung. Dein Bewusstsein muss es lernen, die Dinge voneinander zu unterscheiden. Darin liegt die Kunst. Durch die häufige Schau lernst du. Bitte die Wesenheiten von An in deinen Gebeten um die Gabe der Unterscheidung der Geister, auf dass du Aufbauendes von Zerstörerischem unterscheiden kannst und dass du die Zeiten, die für so viele Wesen wichtig sind, trennen kannst."

Deklet begann nun mit seiner rechten Klaue seltsame Zeichen in die Luft zu malen. Er sprach dabei in einer alten Sprache, die Julia nicht kannte, aber sie erinnerte sich lächelnd an ihre alte Sprachtrainerin in der Schauspielschule, die mit ihr Brabbel-Sprache übte, um ihre Gesichts- und Kiefermuskulatur zu trainieren. So ähnlich klang dieses für Julia jetzt. Aber ein strenger Blick von Deklet aus seine feuerroten Augen brachte Julias Gedanken sofort zum Stillstand. Vor ihnen eröffnete sich ein Portal, ein Portal aus goldenem Licht. „Geh hinein", sagte Deklet ernst zu Julia. „Ich folge dir durch die Lüfte, denn dieses Portal ist zu klein für mich. Es ist für deinen Körper erschaffen, nicht für meinen." Julia gehorchte und befand sich augenblicklich in ihrem Zimmer, wo ein gleiches Portal errichtet war. Schelmisch sprang sie zurück auf den Vulkan und sah noch, wie Deklet in den Lüften entschwand.

Kapitel 10

„Das darf doch wohl nicht wahr sein", murmelte George.

„Es ist doch immer wieder dasselbe", sagte Stan. George, ein Shomana, hatte sich beim Pont-Spiel mit Stan angefreundet. Sie teilten die Leidenschaft für dieses Spiel und sie befanden sich in der gleichen Ausbildungseinheit der Wächter.

„Die machen doch eh mit uns, was sie wollen", sagte George und versuchte dabei ein sehr weises Gesicht aufzusetzen. Dieses sah so komisch aus, dass aus Stan eine Lachsalve herausprustete, denn ein Shomana kann alles, nur nicht ernst gucken. Seine breite Nase, eigentlich eher ein Sensor, die er inmitten seines Gesichtes trug, kräuselte sich dabei so seltsam, als versuchte ein Elefant, einen Knoten in seinen Rüssel zu formen.

George und Stan hatten die Nachricht erhalten, dass sie in ein Sonderkommando abkommandiert wurden, welches zu Patrouillenflügen um die äußeren Planeten der Plejaden eingeteilt war. Aus ihren Unterrichtungen, die sie täglich in den Inkubatoren hatten, wussten sie, dass dies das Siedlungsgebiet der Grauen-Spezies war und dass es nicht gerade freudvoll war in diesen eiskalten und abgelegenen Gebieten des Universums Patrouillen zu fliegen. Immer wieder kam es dort zu unerklärlichen Zwischenfällen in den Lichtschiffen und die ansonsten sehr genaue und präzise funktionierende Navigation wurde dort durch störende Energien dergestalt beeinflusst, dass viele Lichtschiffe notstranden mussten oder verschollen und unauffindbar waren. Ihre Besatzungen wurden nie wieder gesehen. Es gab Informationen darüber, dass die Grauen sich zwanghaft mit anderen Sternenrassen paarten um hier ein eigenes genetisches Zuchtprogramm zu entwickeln, aber es waren eben halt nur Mutmaßungen, beweisen konnte niemand etwas.

Kapitel 11

Völlig verwirrt stürzte Julia durch das Portal. Was war das? So etwas hatte sie noch nie gesehen. Das kann nicht sein. „Deklet, Deklet", brüllte sie aus Leibeskräften. Doch Deklet antwortete nicht. Sie rannte durch die komplette Höhle, in der sich auch ein mächtiger Drache leicht verstecken konnte, doch keine Spur von Deklet. Sie ging vor das Tor der Höhle und dort sah sie Deklet, versunken in einem tiefen Gespräch mit zwei haarigen Lemurianern und in der Mitte von ihnen ein Mensch wie sie. Eine junge Frau mit einem goldenen Kleid, das sie an Fischschuppen erinnerte. Sie ging auf die Gesellschaft zu. Ihre Hände zitterten, denn die Vision, die sie in dem Seelenspiegel hatte, den sie nun eifrig besuchte, erschütterte sie bis ins Mark.

Deklet, der es nicht leiden konnte, wenn er in seinen Konversationen gestört wurde, blickte sie mürrisch an, erkannte aber sofort die Ernsthaftigkeit der Situation und seine Augen wurden milde. „Darf ich vorstellen", sagte Meister Deklet, „auch ich unterrichte eine Reisende. Ihr Name ist Julia. Julia darf ich dir vorstellen, Gwendolyn von Irland." Die beiden Frauen blickten sich an und begrüßten sich höflich. Lea und ihre Mutter, die beide auf dem Besuch bei Deklet begleitete, grüßten Julia ebenfalls freundlich. „Was ist los", fragte Deklet „du kannst offen sprechen, denn die Reisende, die sich Gwendolyn nennt, ist eine Wissende ihrer Spezies und obwohl sie jung an Jahren ist, ist sie eine Weise ihres Volkes."

Julia rief die Bilder in sich ab und begann zu erzählen: „In einer fernen Zukunft, und die Erde sieht ganz anders aus, gibt es Kontinente und große Meere. Unsere Spezies, die der Menschen, bevölkert diese Erde. Die Kontinente sind aufgeteilt in Länder und Gebiete, und die Menschen sprechen unterschiedliche Sprachen. Der eine versteht den anderen nicht mehr und ich sehe ein Band aus Steinen, die Wesen der Zukunft nennen dieses Straße, und seltsame Wagen fahren darauf. Sie zerstören die Luft, die sie atmen mit diesen Gefährten, aber sie wissen es nicht. Die Straße befindet sich in einem Gebiet, das sie New Mexico nennen und aus den Himmeln stürzte ein Lichtschiff. Graue Gestalten befanden sich in diesem Schiff und sie paralysierten die Menschen, nahmen sie in ihr Lichtschiff und machten mit ihnen genetische Experimente. Dann brachten sie die Menschen schwer verletzt an ihren energetischen Körpern zurück in ihre seltsam stinkenden Wagen und als die Menschen zu ihren Heilkundigen gingen, hat man ihnen nicht geglaubt. Ich weiß, dass eine Invasion vorbereitet wird. Eines der Schiffe kam mit der Gravitation dieses Planeten nicht klar und stürzte ab. Menschen, die sie fanden, untersuchten sie und hielten alles geheim."

Julia stoppte ihre Ausführungen. „Deklet, was ist das"? Deklet setzte eine sehr ernste Miene auf. Auch Gwendy konnte sich nicht erklären, was Julia gesehen hatte. Lea stieß ein leichtes Knurren aus, denn die Energie dieser Vision gefiel ihr gar nicht. Was für eine Invasion? Warum tat man Wesenheiten gegen ihren Willen so etwas an? Und warum erkannten ihre weisen Heiler die Zerstörung ihrer Energiekörper nicht? Eine seltsame, verwirrende Vision. Und vor allen Dingen so unrealistisch. Warum benutzten sie Vehikel, die ihre Luft verpesteten? Waren diese Wesen dumm oder waren sie unbewusst? Das Zweite ist das Schlimmere.

Kapitel 12

Funkelnd erhob sich das Lichtschiff. Stan und George waren die Einheit, die sich nun auf den Weg machte, um Patrouille zu fliegen, durch die äußeren Bereiche der Plejaden. Die Patrouillenerlaubnis hatte der Hohe Rat der Plejaden per Gedankenmodulation in das Zentralbewusstsein von Atlantis eingespielt und so wussten Stan und George ganz genau, wann und zu welchen Koordinaten sie zu fliegen hatten. Summend durchflogen sie die ersten drei Dimensionen, um sich dann auf einen dimensionalen Sprung in die neunte Dimension vorzubereiten. Und einige Sekunden später umkreisten sie den äußeren Ring der Planeten der Plejaden. „Selbst die Sterne haben sich abgewandt von diesem Ort" scherzte George.

„Ich sehe nichts. Kein Stern funkelt in der Schwärze des Alls, ich sehe nur die fahlen Planeten. Ich weiß, wie diese früher einmal ausgesehen haben. Grün, wie leuchtende Smaragde umkreisen sie die Sonne Maia und jetzt leblose Steintrümmer, nahezu ohne Gravitation. Was sollen wir hier draußen nur? Dahinten ist was!"

Und Stan lenkte das Schiff auf die Erscheinung, die er in der Ferne sah. Es schien ein Behälter zu sein von sehr großem Ausmaß. Langsam näherte sich das Lichtschiff diesem fremden Objekt. Als sie dieses Objekt mit einem Ankerstrahl gesichert hatten, erlaubte sich George, dieses Objekt näher an das Lichtschiff zu ziehen. Dieser Behälter schien aus Kristall zu sein und dieser Behälter enthielt eine Flüssigkeit, undefinierbar.

Stan und George stellten eine Verbindung zum Zentralbewusstsein von Atlantis her und baten um eine Analyse.

Einige Sekunden später erhielten sie Antwort. „Es ist das Elixier des Vergessens, dass alles Leben göttlichen Ursprungs ist. Es ist das Elixier der Trennung! Entfernt euch schnell von diesem Objekt. Es ist die Waffe, die alles bewusste Leben bedroht. Wenn du vergisst und nicht weißt, wer du bist, entleert die Lebensenergie die Sinnhaftigkeit deines Seins und du wirst den Weg deiner Seele nicht mehr finden. Von einem Wissenden wirst du zu einem Unwissenden und deine Gefühle verrohen." Stan und George lösten den Fangstrahl und traten ihren Rückflug zum Mars an.

Kapitel 13

Gwendy erwachte in ihrer Wohndruse. Der Besuch bei Julia und Deklet hatte ihr sehr gefallen. Es gab noch mehrere, die annähernd aus ihrer Zeit nach Atlantis katapultiert worden waren. Sie war nicht allein. Und ein Gefühl von tiefer Zugehörigkeit zu Julia erfüllte sie. Julia und sie wollten sich treffen an diesem Tag und als Treffpunkt machten sie den Ort des Seelenspiegels aus. Lea, die sie zwischenzeitlich im Gebrauch der atlantischen Flugscheibe unterrichtete, stellte ihr ihre Flugscheibe zur Verfügung, denn Gwendy verfügte noch nicht über die geistige Kraft, sich eine eigene Scheibe zu manifestieren. Und so verabschiedete sie sich von Lea und nach dem Verspeisen einer köstlichen Mapo-Frucht bestieg sie die Flugscheibe und war wenige Augenblicke später am Rande des Seelenspiegels. Dort erwartete sie Julia.

„Ist das etwa Christmas Cake?", fragte Julia.

„Ja den habe ich extra für dich gebacken, nein, manifestiert, meinte ich". Gwendy fiel es noch ein bisschen schwer, einfach zu lieben und es war da. Ein bisschen sehnte sie sich nach der fernen Zukunft. „Ja Julia, so ist das, wir haben Weihnachten. Aber Weihnachten gibt es in Atlantis nicht."

„Dann lass es uns schön machen", sagte Julia und wie aus dem Nichts entstand eine riesige, kanadische Tanne geschmückt mit Lichterketten und Kugeln am Kraterrand des Seelenspiegels.

„Jetzt lassen wir es aber bloß nicht schneien", sagte Gwendy, „aber schön, Christmas Cake und Tannenbaum, das reicht doch auch." Die beiden Frauen unterhielten sich über die Weihnachtsbräuche ihrer Familien und verspeisten ihren Christmas Cake.

„Das ist mal etwas anderes als das ewige Mapo", mampfte Julia. „Aber wo wir schon einmal hier sind, Gwendy, lass und gemeinschaftlich in den Seelenspiegel schauen, was die Zeiten für uns bringen." Julia aktivierte ihr Symbol, Gwendy rief in ihrer alten Weise die Große Göttin und wie eine Leinwand in einem Kino zeigte der Seelenspiegel einen Film. Eine junge Frau in einem wunderschönen Brautkleid schritt den Gang einer Kirche entlang. Sie wurde geführt von einer alten Frau und am Altar stand ein junger, schöner Mann. Julia und Gwendy sahen sie sich an und in diesem Augenblick wussten sie, dass sie in ihr Leben blickten. Wer war dieser Mann?

Kapitel 14

Angespannt, jedoch froh wieder auf dem Mars zu sein, erreichten George und Stan den Roten Planeten. Was für ein bizarrer Fund. Sie hatten zwar keine Begegnungen mit den Grauen, aber das Auffinden dieses kristallinen Behälters war für sie ein großer Schock, vor allem, dass das Zentralbewusstsein eine so düstere Analyse des flüssigen Inhalts von sich gab. Sie verließen das Lichtschiff, um ihrem vorgesetzten Wächter einen detaillierten Bericht abzuliefern. Im Büro des Wächters berichteten George und Stan von ihrem Fund. Auch von diesem seltsamen Leuchten, das dieses Objekt umgab, dass sie aber keine Lebensformen im Umfeld dieses Objekts entdecken konnten. Auch auf Kontaktversuche zum Bewusstsein der Grauen-Spezies erhielten sie keine Antwort. Es war so, als sei die Graue-Spezies komplett aus dem Universum verschwunden, was jedoch nach den Äußerungen von Seraphis unmöglich erschien. Erleichtert ihren Rapport abgegeben zu haben, zogen sich George und Stan in ihre Behausung zurück, um nun eine Phase der Ruhe und der Erholung zu erleben und diese düstere Patrouille zu vergessen.

Energien hinterlassen Eindrücke und Spuren, was George und Stan nicht wussten. Ihr Lichtschiff hatte sich mit dieser Masse infiziert und somit war die Energie des Vergessens auf dem Mars angekommen.

Kapitel 15

Lemurien, nein ganz Atlantis war in großer Aufregung. Das große Blütenfest der Mapo-Pflanze stand bevor und der ganze, große Kontinent befand sich quasi in Festvorbereitungen. Jedes Volk von Atlantis feierte dieses Fest in seiner eigenen Art und Weise, doch alle feierten es irgendwie zusammen. So war auch Gwendy den ganzen Tag damit beschäftigt, aus den Gittern der Atome wundervolle Blütengebinde zu manifestieren. Sie erfand stündlich neue Formen von Blüten und befand sich so zu sagen in einem Rausch von Farben, Formen und Düften. Lea und ihre Mutter waren auf den Mapo-Feldern, um die Pflanzen zu schmücken und mit lichten Energien zu besingen. Großer Besuch stand der Stadt der Lemurianer bevor.

Die Königin der Nymphen aus den Wasserreichen hatte sich mit einem großen Gefolge in Lemurien angesagt und dafür gab es einiges zu tun.

Die lemurianischen Männer hatten sich auf dem Ellipsenplatz versammelt. Dieser Platz hatte die elliptische Form, weil er den Lauf der Erde um die Sonne darstellte und der zentrale Obelisk stellte die Sonne dar, die Quelle aller Materie auf diesem Planeten.

Die Männer verbanden ihren Geist um für Aquala Avala und ihr Gefolge ein gigantisches Bassin zu manifestieren, damit die Nymphen ihren Lebensraum in Lemurien vorfanden. Sie gurrten dabei einen Summton und schienen in eine Art Trance zu verfallen. Auf diesem Platz entstand ein elliptisches, man könnte sagen Aquarium, gefüllt mit hyperboreanischem Wasser, dem Wasser des Ur-Ozeans. Dieser Vorgang dauerte mehrere Stunden, denn das Behältnis musste groß genug sein für die Königin und natürlich auch für ihr Gefolge, das aus über vierhundert Nymphen bestand. Zur Dekoration brachten die Männer Lotusblüten, um diese auf der Wasseroberfläche schwimmen zu lassen.

Kapitel 16

„Ich hab's gleich, Deklet", maulte Julia. Sie war damit beschäftigt mit einem großen Haken aus sirianischem Metall die Schuppen von Deklets Unterseite zu säubern, denn gerne versteckten sich dort Formen von Parasiten, die sich Deklet auf seinen Reisen durch die verschiedenen Welten eingefangen hatte. Sie verursachten ein Jucken und Brennen, das selbst Deklet mit seinem hohen Bewusstsein nicht abstellen konnte. So lag der mächtige Drache auf seinem Bauch und Julia turnte auf ihm herum. „Ist es denn wirklich möglich, Deklet", sagte sie, „dass wir Zukunft verändern können und ist das nicht irgendwie unethisch, Entitäten ihre Erfahrungen zu nehmen?"

„Ist es unethisch, einen Ertrinkenden zu retten und ihm die Erfahrung des Ertrinkens zu nehmen?", fragte Deklet zurück. „Ich weiß, es ist nicht korrekt, junges Medium des Widders, deine Frage mit einer Gegenfrage zu beantworten, es ist gut, Zukunft zu verändern. Wenn du siehst, dass die Zukunft aufgrund vergangener Fehler massiv in die Disharmonie gerät, solltest du in die Vergangenheit gehen und diesen Fehler erst gar nicht entstehen lassen. Somit hast du in der Zukunft keine große Arbeit."

Julia dachte über die Worte von Deklet nach und sagte: „Dann machen Leid und Fehler keinen Sinn."

Deklet lächelte und grunzte zufrieden: „Da hast du recht. Aber viele Wesenheiten des Universums sind stolz darauf zu leiden. Sie fühlen sich darüber und definieren ihr Dasein, dabei wissen sie nicht, sie erahnen es nur, dass die Erfahrung der Freude viel nachhaltiger ist und ihr Leben beflügelt wird."

Julia, die sich gerade daran machte, eine Form der plejadischen Zecke zwischen zwei Schuppen zu entfernen, sagte zu Deklet: „Dann wäre es gut, den Entitäten zu sagen, dass Leiden keinen Sinn macht."

Deklet sagte: „Das wollen sie nicht hören und sie können es auch nicht verstehen, denn dazu fehlen ihnen die inneren Ohren, die die leise Stimme der Quelle hören könnten. Bewusstsein ist das Ausbilden der inneren Ohren, und so höre du genau hin, Widder-Thron, auf die Dinge, die dein göttlicher Ursprung dir sagt:

Channeling Seraphis Bey „Gebrauch des göttlichen freien Willens"

In der Kraft der weißen Flamme, dieses ist Seraphis Bey. Erlaubt es euch in euren Gedanken, selbst wenn ihr hier nur ein Werk vor euch habt, das eurer Meinung nach einer Fantasie entspringt, erlaubt es euren Gedanken, euch in eine atlantische Prägung zu führen. Probiert es einmal aus, und wenn ihr bemerkt, dass meine Worte keinen Gehalt der Wahrheit haben, könnt ihr ja zu eurem alten Gedankengebäude und euren Mustern zurückkehren. Doch wir sagen euch, dass dies nicht geschehen wird, denn ihr werdet spüren, werdet fühlen, dass diese Gedanken in der atlantischen Prägung eine Ausformung sind, welche euch in eine Tiefe eurer Spiritualität, eures Gefühls und eures Lebensglücks führen wird.

Einige von euch verwechseln ihre Spiritualität mit ihrem Gefühl. Sie spüren und fühlen und sie glauben, dass dieses Kräfte und Energien sind, die spirituellen Ursprungs sind. Doch hier irrt ihr euch!

Schülerinnen und Schüler des Lichtes, dieses sind Gefühle! Und diese Gefühle sind Reaktionen elektrischer und chemischer Natur, ausgelöst durch hormonelle Schwankungen in euren physischen Körpern. Es handelt sich hierbei nicht um

Energie im Sinne einer geistigen Kraft. Es handelt sich um eine Energie, sehr wohl, aber eine Energie, welche selbst erzeugt wurde, ekstatisch oder traurig, je nach der persönlichen Spannung in eurem emotionalen Feld. Seid euch dessen bewusst, dass es um eine Balance, ein Gleichspiel geht zwischen euren kognitiven, emotionalen und spirituellen Fähigkeiten.

Dieses Gleichgewicht sollte immer herrschen! Euer Kopf ist nicht euer Feind und selbst wenn ihr trübe und dunkle Gedanken habt, selbst wenn ihr Gedanken des Zweifels, des Haderns habt, selbst dann ist es wichtig, eure kognitive Leistungsfähigkeit zu preisen, denn sie ist ein Teil von euch. Euer Kopf ist nicht der Feind, der Feind ist der Rahmen, den ihr euch gesteckt habt und welchen ihr nicht bereit seid zu verlassen! Ein Rahmen, der euch eine Sicherheit vorgaukelt, die nicht ist.

Was wärst du ohne deinen Beruf, ohne deine Beziehung? Was wärst du ohne dein Bankkonto oder deine Kreditkarte? Was bist du? Wer bist du?

Die Antwort darauf ist, dass du ein Prinzip der Fülle bist, das über Äonen eurer menschlichen Entwicklung beschnitten, verändert, verbrannt worden ist und in eine Form gebracht wurde, die dem Mangelprinzip huldigt. Und somit ist der Konflikt mit eurer göttlichen Natur zwangsläufig vorprogrammiert.

Deshalb bitten wir euch und rufen euch zu: Sorgt euch um das Gleichgewicht der Kräfte in euch!

In euch ist ein Stück Julia, ein Stück Stan, in euch ist ein Stück Gwendolyn, ja, auch Judy ist in euch. Haltet die Kräfte in der Balance, auf dass ein Fluidum der lichten Erschaffung durch Liebe euch umgibt, auf dass ihr glücklich seid und heraustretet aus der reinen Existenz hinein in das Leben.

Der Mensch ist eine Lebensform, keine Existenzform und es geht hier nicht um deine Funktionalität, es geht um dein Leben. Funktioniere da, wo du funktionieren möchtest, aber vergiss nicht, dass du lebendig bist. Suche dir Menschen, Tiere und Pflanzen in deinem Umfeld, die dir helfen, dein inneres Gleichgewicht zu erhalten.

Gehe in den inneren Dialog mit deiner Seele, unablässig, und erwarte die Antwort des Lebens. Nein, Schülerin und Schüler des Lichtes, es wird nicht immer die Antwort sein, die dein Ego hören möchte, aber gehorche in der liebenden Hingabe der Stimme deiner Seele und du findest Frieden, Freude und Gesundheit in dir.

Möge das Licht der weißen Flamme auf deinem Haupte ruhen und möge dieses Licht Wegweisung sein in der Transformation deiner Gedanken in ein göttliches, atlantisches Sein. Sei im Segen.

Kapitel 17

„Ich weiß nicht, was mit diesem Ding nicht stimmt. Ich kann machen, was ich will, ich bekomme dieses Ding nicht zum Laufen", maulte George vor sich hin. Er befand sich im Hangar und inspizierte sein Lichtschiff, das nach einer weiten Reise durch die Dimensionen turnusmäßig einer Inspektion unterzogen wurde. George und Stan standen ratlos vor ihrem Lichtschiff, das sie doch gestern noch so zuversichtlich in den äußeren Bereich der Plejaden gebracht hatte.

Alles an dieser Maschine schien vermurkst zu sein. Die Steuerung reagierte nicht, der Gravitationstransmitter spuckte Daten aus, die nicht aus diesem Universum zu sein schienen und alle, die in die Nähe des Lichtschiffes kamen, wurden irgendwie aggressiv und mürrisch.

Unsicherheit machte sich breit im Hangar. Sie wussten nicht, was diese energetische Indifferenz verursachte.

Es gab eine Durchsage und Stan wurde ins Büro von Seraphis geordert. Stan gehorchte umgehend und war nach wenigen Schritten bei seinem Meister und Lehrer Seraphis angekommen. „Ein neuer Auftrag für dich, junger Wächterrekrut. Wir bitten dich zur Erde zu fliegen, um dort die Koordination des Staatsbesuches von Aquala Avala in Lemurien zu leiten. Dieses ist wichtig, denn das Blütenfest der Mapo-Pflanze steht bevor und die Königin der Nymphen selbst wird anwesend sein in Lemurien. Viele Wächter der Schule werden einen solchen Außeneinsatz haben und ich teile dich ein nach Lemurien. Das Zentralbewusstsein ist schon informiert und ich bitte dich, die nötigen Dinge während der nächsten zwei Stunden zu regeln und dann zur Erde zu fliegen."

Stan wollte Seraphis noch über die Umstände seines Lichtschiffes informieren, doch dazu kam er nicht mehr, denn ein anderer Wächterschüler betrat das Büro und wartete darauf, seine Order von Seraphis zu empfangen.

„Ich brauche den Hobel in zwei Stunden", sagte Stan zu George, „egal was du machst!"

„Ich krieg die Maschine nicht hin in zwei Stunden", sagte George.

„Meine Güte", sagte Stan „dann nimm doch andere Module", damit meinte er Kristalle, die als Ersatzteile im Depot des Hangars lagen.

„Du weißt, dass wir das nicht dürfen", sagte George. „Nimm doch ein anderes Schiff". Aber hier war Stan eigen.

Sein und Georges Schiff war ihr Schiff und er wollte nur mit seinem Schiff die Erde besuchen. Er freute sich auf den Ausflug auf die Erde, der einige Erdentage in Anspruch nehmen würde und es war eine schöne Abwechslung zum Einerlei in der Wächterschule. Auch müsste er für einige Tage nicht in den Inkubator, er hatte so etwas wie Ferien. Und er konnte, trotz der Aufgabe der Organisation und der Sorge für den reibungslosen Ablauf des Besuchs der Königin, sich genügend Zeit nehmen, um seinen privaten Erkundungen zu frönen.

Eilig ging er in sein Domizil, um die notwendigsten Dinge zusammenzupacken, die Gardeuniform für den Staatsbesuch, ein Bild von seiner Siran-Katze und diverse Dinge, die ein junger Wächter so brauchte. Auch ging er noch einmal in den Inkubator, um dort die reibungslose Organisation eines Staatsbesuchs zu erlernen.

Stan ging danach fröhlichen Schrittes zu seinem Lichtschiff. „Alles klar George?", flötete er fröhlich.

„Ist die Maschine bereit? Ich habe mein Erscheinen in einer halben Stunde Erdenzeit dem Rat von Lemurien über das Zentralbewusstsein übermittelt."

„Dimensionssprünge würde ich mit dem Ding nicht machen", sagte George, „aber für die kurze Strecke bis zur Erde wird es reichen."

„Komme ich denn auch wieder zurück", fragte Stan.

„Na das weiß ich nicht", sagte George und setzte eine besorgte Miene auf. Die beiden ahnten nicht, dass dieses ein Abschied für immer war.

Kapitel 18

Wie in New York, London, Paris oder Berlin am letzten verkaufsoffenen Samstag vor Weihnachten, so war die Stimmung im alten Atlantis vor dem Fest der Mapo-Blüte.

Eine freudige Erregung lag in der Luft, alle Behausungen, Städte und Plätze waren geschmückt und selbst die altehr- würdige Pyramide von Poseidonis schien besonders zu leuchten. Diese Vorfreude machte auch vor Deklet und Julia nicht halt, die sich, abgelegen in den Bergen, aufs Fest vorbe- reiten, denn sie hatten eine Einladung von den Lemurianern erhalten, an deren Festakt teilzunehmen. Julia freute sich darauf, Gwendy wiederzusehen und vor allem darauf, ihr ihr erstes, neu manifestiertes Kleid vorzustellen, welches sie aus den Atomen des Tränensees manifestiert hatte. Sie sah aus, als wäre sie in hochglänzendes Silber gehüllt. Selbst Deklet, der sonst etwas mürrisch wirkende Drache, schien bester Laune zu sein und beobachtete, wie eine unübersehbare Schar von Elfen seine Klauen mit Blattgold belegte.

„Ich werde fein gemacht fürs Fest", grunzte er zufrieden und einige besonders freche Elfen spielten mit seinen langen Barten, die sich links und rechts von seinen Nüstern befan- den. Deklet mahnte die Elfen zur Eile, denn am heutigen Nachmittag würde das große Fest beginnen und es war nun bald Zeit für den Abflug. Kunstvoll knotete er mit seinen Zähnen das Tragetuch von Julia an seiner rechten Klaue fest und rief sie herbei. Julia erschien und sie sah aus wie die Mondgöttin selbst. Das lange, enge silberne Kleid verhüllte und zeigte doch zugleich alle Reize dieses jungen Frauen- körpers. Auf ihrer Stirn trug sie ein Diadem, welches eine silberne Mondsichel darstellte und an ihren Ohren baumelten keck zwei fünfkarätige Diamanten. Sie nahm in ihrem Tragetuch Platz und mit einem tiefen Seufzen aus den Lungen erhob sich der massige Drache in die Lüfte und zog eine Kurve über der Wohnhöhle, elegant wie eine Schwalbe.

Seltsam, dachte Julia, in der Luft verliert dieser schwere, alte Drache seine Trägheit und Massivität. Nach wenigen Minuten erreichten sie das Reich Lemurien und etwas außerhalb der Stadt ließ sich Deklet mit Julia nieder. Dann gingen sie gemeinsam in die Stadt. Eine Landung auf dem Hauptplatz war nicht möglich, denn ein großes Wasserbassin, reich verziert und geschmückt, nahm den gesamten Platz ein. Ganz Lemurien befand sich hier. Eine Garde junger Wächter umzäunte den Platz und wartete auf ihren Kommandanten. Julia beobachtete kurz vor ihrer Landung, wie ein Lichtschiff am Ankerplatz des Tempels von Mu anlegte und ein junger Wächter ausstieg. Sie ahnte nicht, welche schicksalhafte Begegnung ihr bevorstand.

Kapitel 19

Stan landete an der Ankerplattform des lemurianischen Tempels. Der Flug zur Erde war unspektakulär. Aber das Lichtschiff schien doch einen größeren Schaden davongetragen zu haben, denn viele Steuerungselemente reagierten nur langsam oder gar nicht. Mit einem Wink seiner rechten Hand wischte er seine Gedanken an das Lichtschiff von sich und ging eilig zu seiner Kohorte, die auf ihn wartete, um Anweisungen von ihm als ihr Anführer entgegenzunehmen. Er sprach zu seinen Wächtern, die aus einem jüngeren Jahrgang als er bestanden. Sie mussten Dienst tun und waren etwas unwillig darüber, denn sie hätten sehr gerne aktiv an den Feierlichkeiten des Festes mit ihren Völkern teilgenommen.

Stan ertappte sich bei dem Gedanken, Dienst ist Dienst und Schnaps ist Schnaps. Er informierte seine Kohorte und sie nahmen Aufstellung und schon hörten sie von Weitem die blubbernden Fanfaren, die die Ankunft der Nymphen-Königin ankündigten. Das Wasser im Bassin färbte sich dunkelgrün und undurchsichtig. Als wäre das ein Zeichen, verneigten sich alle Lemurianer. Auch Gwendy und Julia verneigten sich, die sich zuvor herzlich begrüßten, als sie sich in der Menge entdeckten. Das ist gar nicht so einfach in einer Ansammlung von fünf Meter hohen haarigen Riesen.

Ein seltsames Schimmern und Glühen ging von diesem Wasser aus, langsam klärte sich dieses Wasser und in ihm kam die Königin der Nymphen mit ihrem Gefolge zum Vorschein. Huldvoll lächelte sie und nahm die Ovationen des Auditoriums winkend entgegen. Sie hielt eine Ansprache und Gwendy war völlig fasziniert von den Körpern der Nymphen. Sie verstand jetzt, warum Lea sie bei ihrer ersten Begegnung für eine Nymphe hielt, denn das ganze Gesicht der Nymphen wurde beherrscht von zwei tief smaragdgrünen Augen, aus denen ihr gesamtes Antlitz zu bestehen schien. Die Nymphen-Königin sprach von der Schönheit der Mapo-Pflanze und von ihrer großen Liebe zu allem, was auf der Erde lebt.

Die Mapo, als eigene Wesenheit, ist die geheime Herrscherin von Atlantis, denn sie gibt jeder Lebensform das, was benötigt wird.

Die Königin lobte die Arbeit der zwölf Medien, die maßgeblich die Mapo-Pflanze entwickelt und auf der Erde eingeführt hatten. Die Heimat der Mapo ist das planetare Sternenarchipel der Magellanschen Wolke, die Urheimat der Atlanter.

Dann begann die große Audienz. Paarweise oder clanweise traten die Lemurianer hervor und die Nymphen-Königin sprach zu jedem freundliche und aufbauende Worte.

Endlich waren Gwendy und Julia an der Reihe. Unterstützend ging Lea mit. Die Frauen verneigten sich freundlich und förmlich vor der Nymphen-Königin. Aquala Avala sprach Gwendy direkt an und bedankte sich bei ihr für ihren Dienst an der Erde in der Zukunft und versprach ihr ein baldiges Treffen in vielen Millionen Jahren in ihrer irischen Heimat.

Gwendy erkannte im Gesicht der Nymphen-Königin Aquala Avala das Gesicht ihrer Schwester Johanna.

Eine Stimmung von Frieden und Freude erfüllte das gesamte Fest. Der priesterliche Rat von Mu hatte als Überraschung für alle Festteilnehmer ein Gnomen-Orchester aus den Bergen der Ottus für das Fest arrangiert. Und sie begannen auf ihren Kipan-Flöten die wundervollen alten Weisen der Ottus zu spielen und bald wiegte sich und tanzte die ganze Menge zu den verführerischen Klängen der Flöten. Deklet bewegte sich auf seinen Klauen hin und her, und um das noch zu unterstützen und einen dramatischeren Ausdruck zu verleihen, peitschte er mit seinem Drachenschwanz durch die Luft. Einige Baby-Lemurianer drückten sich dabei ängstlich an ihre Mütter.

Plötzlich erfüllte ein Donnern die Luft und die Menge reckte ihre Köpfe nach oben. Wie ein zischender Kreisel sauste ein außer Kontrolle geratenes Lichtschiff auf sie zu. Der sonst gleichmäßige Flug glich eher einem Hüpfen durch die Luft und ein gewaltiger Schlag erfüllte die Atmosphäre, als das Lichtschiff in das Bassin der Nymphen-Königin krachte.

Kapitel 20

Stan war erstarrt. So etwas hatte er nicht erwartet. Sicherlich, es gab schon Pannen und Fehler bei Lichtschiffen, aber das hatte er nicht für möglich gehalten. Gerade noch rechtzeitig konnte sich die Nymphen-Königin mit ihrem Gefolge durch einen sehr schwierigen Teleportationssprung in ihr Reich retten, bevor das Lichtschiff in das Bassin einschlug.

Stan war sofort bewusst, welche politischen Verwirrungen dieses Ereignis in dem noch jungen Vielvölkerbund herstellen könnte. Es wurde schon Gemurmel unter den Lemurianern laut, dass es sich dabei auch um einen Anschlag auf die Königin gehandelt haben könnte. Und sie merkten bald, dass sie mit ihren Mutmaßungen recht haben sollten, doch galt der Anschlag nicht der Königin, sondern dem gesamten Gleichgewicht, der Harmonie in Atlantis.

Das Lichtschiff gab seine dunkle Ladung an das hyperboreanische Wasser ab und alles sah nach kalter Berechnung, nach einem perfiden Plan aus. Durch den Teleportationssprung der Königin transportierte sie Partikel dieser Energie in den Ur-Ozean hinein. Und somit kam das Elixier der Trennung über die Bewusstheitsstufe Wasser und dessen Kreislauf über die gesamte Erde. Es regnete aus Wolken, es entsprang aus Quellen und selbst in den Wesenheiten, die auf der Basis von Kohlenstoff entstanden waren und deren Körper Flüssigkeit enthielt, war dieses Elixier vorhanden.

Ein Dolchstoß in Atlantis war gesetzt, von dem die Völker sich lange nicht erholen sollten. Der Untergang begann:

Channeling Lady Nada „Der göttliche freie Wille"

In der Kraft der rubinrotgoldenen Flamme, dies ist Lady Nada, die zu euch spricht und ich grüße euch. Veränderung in jeglicher Form, Veränderung braucht Mut.

Eines der wesentlichen Geheimnisse von Atlantis, eines der Mysterien, welches nicht hoch genug geschätzt werden kann, ist das willentliche Zusammensein. Ja, es geht um den Willen, den freien Willen, den Willen der Seele! Nicht um einen Willen des Egos, der auf Haben geprägt ist, sondern um den Willen der Seele, Gemeinschaft leben zu können und leben zu wollen, eine Gemeinschaft, herausragend aus den eigenen Befindlichkeiten, aus dem eigenen Rahmen.

Atlantis, ein Völkerbund verschiedenster Völkerrassen, bestach in seiner geheilten Zeit durch die absolute Gleichgewichtung der Kräfte in allen Lebensbereichen! Dieses war kein Gefühl, dieses war kein harmonisches Empfinden, sondern eine jegliche Entität wollte Gemeinschaft haben, gerade wegen der Andersartigkeit des anderen.

Stellt euch einmal vor: Sternenvölker, unterschiedlich in ihrem Habitus, in ihrem Aussehen, in ihren kulturellen Eigenheiten und spirituellen Vorstellungen auf einem kleinen Planeten ohne Konflikt, ohne Krieg, ohne Streit. Jeder akzeptierte die Andersartigkeit des anderen, ohne daran zu kritisieren, ohne daran herumzumäkeln und ohne missionarischen Eifer, den anderen so zu gestalten, wie sich selbst.

Dazu gehört eine große Kraft und diese große Kraft ist der göttliche freie Wille: Ich will mich in der göttlichen Harmonie bewegen und ich will diese Harmonie halten, gespeist aus den Quellen der Seele, welche unablässig verbunden ist mit der Quelle-Allen-Seins, eines großen Bewusstseins, welche viele von euch Gott nennen. Seid euch dessen bewusst, kein größeres Übel wurde eurer Entität angetan, als das Trennen des göttlichen Kerns in euch.

In unserem Buch wird dieses beschrieben als ein Elixier der Trennung, ein Elixier des Vergessens, das euch vergessen hat lassen, dass ihr göttlichen Ursprungs seid und somit habt ihr nur eine Vorstellung von der Energie des freien Willens, einer Energie die sich aus Liebe gebiert. Diese imaginäre Vorstellung des freien Willens wurde von eurem Ego übernommen und Ego formte eine eigene Form des freien Willens für euch aus: Ich will! Dieses führt bis heute in euren Gemeinschaften, in euren Begegnungen mit anderen Menschen zu großen Konflikten, denn es spricht nicht der freie Wille der Seele, sondern der freie Wille eures Egos, welcher nicht ein freier Wille ist! Euer freier Wille ist geprägt von Bedürfnissen, von Mangel, von Habsucht und Gier, von Übervorteilung. Das hat nichts mit den Prinzipien der göttlichen Seele zu tun. Sucht im alten Atlantis nach der Quelle eures freien Willens. Kontaktiert die Seele und erlaubt der Seele, euch zu lehren im Gebrauch des freien Willens. Bittet in euren Meditationen und Gebeten um den Zugang zum freien Willen und bildet Gemeinschaft basierend auf dem Prinzip der Liebe im freien Willen. So erschafft ihr eine Gleichgewichtung in eurem Lebensraum und es beginnen Blumen des Glücks an eurem Lebensweg zu wachsen. Denn nur dort wo der freie Wille, der göttliche Plan regiert,

kann Glück wachsen. Zufriedenheit, Glück und Liebe werden
euer Leben bereichern. Seid im Segen.

Kapitel 21

Die Menge war aufgebracht. Deklet öffnete seine Schwingen
wieder und unter ihnen kamen lemurianische Kinder zum
Vorschein.

Als das Schiff einschlug, breitete Deklet seine Flügel über
der Menge aus, vor allen Dingen über den Kindern, um diese
vor herumfliegenden Trümmerteilen des Bassins zu schützen. Eilig stoben die Kinder davon zu ihren Müttern. Julia
und Gwendy waren wie erstarrt. Erst die mahnenden Worte
von Deklet: „Bewegt ihr euch mal zu mir!", rissen sie aus
ihrer Starre. Solch einen Übergriff von Gewalt hatten die
Frauen in Atlantis noch nicht erlebt. Und selbst Deklet verlor ein bisschen von seiner souveränen Haltung, aber er fing
sich recht bald wieder.

Bei Deklet stand der junge Wächter Stan. Er begrüßte die
beiden Frauen und Deklet sagte: „Das ist Stan, wie ihr, ein
Reisender durch die Zeiten. Er ist ein junger Wächter in
Ausbildung".

Julia schaute ihn an. Eine Welle des zukünftigen Erken-
nens durchströmte sie und sie hörte sich zu ihm sagen: „Und
du wirst die Säule meines Hofes sein!"

Gwendy raunte ihr zu: „Ist das nicht der Typ aus der Vision?"

Kapitel 22

„Es ist eine Katastrophe", sagte Seraphis, der vor wenigen Stunden mit den Abgesandten der Wächterschule von Mars auf der Erde eingetroffen war. Sie standen alle im Tempel von Mu: Deklet, Julia, Stan und Gwendy. Anwesend waren auch einige Throne der Medien und deren Abgesandte.

„Ein böswilliger Akt kann nicht ausgeschlossen werden", sagte Deklet und Stan stand in dieser Menge da wie ein begossener Pudel. Sehr schnell war klar, dass es energetische Manipulationen an diesem Lichtschiff gegeben hatte und, dass kein Verdacht auf Stan fiel. Das, was Stan befürchtet hatte, war eingetreten:

Eine Unruhe im Gleichgewicht der Kräfte entstand in Atlantis! Über das Zentralbewusstsein meldete sich Aquala Avala und dementierte die Gerüchte eines Anschlags auf ihre Person. Sie hatte Gott sei Dank rechtzeitig das anrasende Lichtschiff von Stan kommen sehen.

Erschrecken löste aber ihre Mitteilung aus, dass es eine für sie unerklärbare Veränderung des Energiefeldes der Wassermoleküle gegeben hatte und dass ihre Weisen dieses Problem zurzeit analysieren würden. Über das Ausmaß der Veränderung könne sie zum jetzigen Zeitpunkt noch nichts sagen.

Seraphis legte seine Hände auf Stans Schulter. Das tut gut, dachte Stan, denn diese Geste signalisierte: Dich trifft keine Schuld und ich stehe hinter dir und stütze dich. Stan war erleichtert. Dann deutete Seraphis Stan an, mit ihm mitzukommen hinaus aus dem Tempel von Mu. Und sie traten ein in den Vorhof des Tempels, der eingefasst war mit einer wunderschönen Birkenallee. Unter den rauschenden

Birken waren einige Kristallquader und so nahmen die beiden Platz. Seraphis richtete das Wort an Stan: „Stan, die heiligen Worte sind gesprochen, das Medium hat dich erwählt und damit endet deine Adeptenzeit in der Schule der Wächter. Der Ruf ist an dich ergangen und nach der Inthronisation des Mediums wirst du dem Hof des Widders vorstehen. Der Widder-Thron ist seit einigen Jahren vakant und so wird das Rad der Zwölf wieder komplett sein, wenn Julia ihre Rolle als Medium einnimmt und du der Koordinator ihrer Arbeit sein wirst." Stan seufzte tief. Insgeheim wünschte er sich, ein Höfling in der Gemeinschaft der Waage zu sein. Der Waage-Thron regierte und organisierte die Flotte der vielen Lichtschiffe, welche auf Forschungsreisen durch das Universum neue Welten und Systeme entdeckten und ein jeder Wächterschüler träumte davon, in den Waage-Hof abberufen zu werden. Der Widder-Hof war wenig populär, denn in ihm ging es um das Voranbringen von Innovationen und neuen Projekten, die sicherlich wichtig waren, aber weniger glamourös, als der Kommandant einer Lichtschiffflotte zu sein.

Als hätte Seraphis seine Gedanken erraten, sagte er: „Gerade in dieser Zeit ist die Verankerung von Innovation besonders wichtig, denn du und der Widder-Thron erschaffen nun die Erinnerung einer verborgenen Zukunft und speichern dieses in das kristalline Wissen dieser Erde ab. Ihr werdet die Tiara dieser Erde formen und in einer fernen Zeit wird sich diese Weisheit, die ihr eingegeben habt öffnen und wird die Wesenheiten dieses Planeten auf immer verändern. Wisse, deine Spezies wird erst in vielen, vielen Jahren hier in Atlantis entwickelt werden. So bist du ein fleischgewordener Gedanke der Zukunft deiner Rasse." Mit diesen Worten hüllte er Stan plötzlich in ein gleißendes Licht ein. Seraphis hat seine Lichtgestalt abgelegt und vor Stan stand nun der Erzengel, die Persönlichkeit Seraphis war nur ein Alter Ego.

Melchisedek tippte auf Stans Stirn und augenblicklich trug er sichtbar auf der Stirn das silberne Symbol des Widders.

Stan war in seiner seelischen Bestimmung angekommen.

Kapitel 23

„Was soll ich nur machen, Julia?" Lea war verzweifelt und das stand einer Lemurianerin nicht gut zu Gesicht. Lea hatte Julia und Deklet aufgesucht um Rat zu finden und sie wollte Julia bitten, in den Seelenspiegel zu schauen, um dort Antwort zu finden. Seit einigen Wochen gab es Probleme auf den Mapo-Feldern. Probleme, welche zuvor noch nie da gewesen waren. Die Mapo-Pflanzen setzten zwar Früchte an und blühten auch, aber die Früchte kamen nicht zur Reifung. Kurz vor der Reife schienen sie von einer seltsamen Fäule befallen zu sein und fielen verdorben zu Boden, wo sie sich in einen übel riechenden Matsch verwandelten. Insekten, die sich diesem Matsch näherten, kamen aufgrund der Ausdünstung ebenfalls sofort zu Tode. Eine seltsame Krankheit hatte die Mapo-Pflanzen befallen. Eine Krankheit, die nicht einzuordnen war.

Julia ging durch ihr Portal und befand sich am Kraterrand des Seelenspiegels. Sie aktivierte ihr Symbol und mit der Frage Leas in ihrem Herzen befragte sie das Orakel. Die Antwort war: Die Grauen wollten über diese Essenz der Erde die Verbindung zum göttlichen Ursprung nehmen. Denn nur, wo der seelische Kontakt zum seelischen Ursprung genommen wurde, können die Früchte der Manifestation verfaulen und kann das entseelte Werk der Manifestation Unheil und Chaos verursachen. Wenn deine Arbeit und dein Werk nicht deine Seelenliebe tragen, hat diese Arbeit und dieses Werk kein Bestand, nein, noch viel mehr, es ist ein Werk der Dunkelheit und hat nur Verderben zur Frucht.

Lea war sehr berührt von dieser Botschaft, die Julia ihr sofort weitererzählte. „Aber was können wir nun tun?"

Julia sagte: „Besingt das Wasser, das ihr auf die Felder ausbringt. Reinigt es und klärt es mit dem Gesang zur inneren Erde. Überspannt die Mapo-Felder mit großen Netzen, sodass kein Nebel und auch kein Regen die Pflanzen benetzen können. Somit könnt ihr die Felder heilen." Lea zog mit diesen Informationen zurück zu ihrem Volk, doch in ihrem Herzen wusste sie, dass sie nun Trennung und Schutz erschaffen würde. Dysbalance war geboren!

Kapitel 24

Julia lernte schnell, und so rückte der Zeitpunkt ihrer Initiation immer näher. Stan war nun häufig zu Gast in der Wohnhöhle von Deklet. Julia und Stan behandelten sich mit großem Respekt. Zwischen ihnen entstand so etwas wie eine Freundschaft, vielleicht aber auch ein bisschen mehr, denn häufig sah man die beiden, wie sie schweigend auf einem großen Obsidian-Cluster saßen und wie sie händchenhaltend im Westen dem Sonnenuntergang zuschauten. Deklet betrachtete dieses, gab aber dazu keinen Kommentar. Keinen Kommentar, bis zum heutigen Abend.

Nachdem Stan und Julia mit viel Scherzen und Gelächter ihr Abendessen zu sich genommen hatten und Deklet sich ein Energiefeld einverleibte, welches von einem Obsidian-Cluster abgegeben wurde, ging Stan fröhlich in den heiligen Bezirk der Pyramide von Poseidonis, wo er in der Heiligen Stadt ein Haus bezogen hatte, die Residenz des Hofvorstehers des Widders. Laut zukünftigem Titel war er auch der Siegelhalter des Widder-Throns, was bedeutete, dass er neben dem Medium die ranghöchste Entität im Widder-Thron war. Beschwingt trat er den Heimweg an.

„Ich muss mit dir reden" sagte Deklet zu Julia. Diesen Tonfall kannte sie und zumeist bedeutete er Standpauke. Julia, die sich keines Vergehens bewusst war, wurde von einem mulmigen Gefühl in der Magengegend erfüllt, so als wäre sie ertappt worden. Sie fragte sich nur wobei. „Was lehrte ich dich", fragte Deklet und begann somit geschickt das Gespräch. Wie bei einer Eröffnung im Schachspiel versuchte er schon mit den ersten Zügen seines Gespräches seinen Gegner auf eine falsche Fährte zu locken.

„Du lehrtest mich viele Dinge, Deklet", konterte Julia geschickt. „Vor allem lehrtest du mich die Führung der Gespräche und der hohen Diplomatie. Warum spielst du mit mir, alter Drache?" Deklet brach in schallendes Gelächter aus. Sie hatte bestanden! Aus der kleinen Reisenden aus einer fernen Zukunft war eine gestandene Repräsentantin des Sternenfeldes Widder geworden.

Nachdem sich Deklet von seinem Lachen erholt hatte, sagte er ernst: „Stellen wir die Koketterie zur Seite. Du weißt, dass du bei deiner Inthronisierung den Kreislauf der Sterblichkeit verlässt. Du wirst ewig sein, so wie ich. Du wirst dich von da an an alles erinnern, was du erlebtest in deinen Inkarnationen und der Schleier des Vergessens wird dich nicht heimsuchen. Du weißt, was geschieht, wenn du einen Sterblichen liebst. So wäre es besser für dich zu erkennen, nur in der All-Liebe besteht deine Bestimmung."

Julia hörte die Worte und ein Stich traf sie ins Herz, von dem sie sich Inkarnationen nicht erholen sollte.

Kapitel 25

Der Nebel erhob sich aus den Kanälen der Heiligen Stadt. Stan war in seiner neuen Behausung angekommen. Gwendy hatte ihm bei der Manifestation der Einrichtung geholfen, denn Manifestation war nicht wirklich sein Ding. Stürmisch wurde er von seiner Siran-Katze begrüßt, die Seraphis ihm mit auf die Erde gebracht hatte. „Armes Kätzchen", sagte Stan, „jetzt bist du wie ich gefangen auf der Erde und darfst nicht mehr jagen. Auch du musst dich jetzt von Mapo ernähren." So, als ob die Siran-Katze ihn verstehen würde, schien sie traurig zu gucken, denn das Jagen und das Töten war in Atlantis strikt verboten.

„Ist jemand zu Hause", hörte er eine Stimme und er erkannte sofort, dass es sich um Gwendy handelte.

„Ja, ich bin gerade nach Hause gekommen", antwortete Stan. „Komm doch rein und lass uns zusammen ein Glas Pakash-Nektar trinken."

„Klingt gut", antwortete Gwendy. Der Pakash-Saft hat eine leicht berauschende Wirkung, denn während des Wachstums verwandelt sich die Süße in der Frucht durch die ultravioletten Strahlen der Sonne in einen leichten Alkohol. Der Genuss wirkt entspannend und belebend zugleich, vergleichbar einem guten Champagner.

Nachdem sie es sich in komfortablen Sesseln bequem gemacht hatten, sagte Gwendy: „Jetzt einmal Mut zur Wahrheit, Kohan des Widders. Was läuft zwischen dir und Julia? Jedes Mal, wenn ich nur deinen Namen erwähne, Stan, verdreht Julia seltsam die Augen, als hätte sie eine Vision. Und erlaube mir zu sagen, sie hat dabei ein selten dämliches Grinsen im Gesicht."

„Nun denn", antwortete Stan, um dem Gespräch eine Wendung zu geben, „das ist eben mein natürlicher Charme." Doch so leicht ließ ihn Gwendy nicht aus ihren Fängen.

„Gib es doch zu", sagte sie, „du hast ihr ganz gehörig den Kopf verdreht. Du spielst mit dem Feuer, denn du weißt, dass sie bald eine Unsterbliche sein wird, und dass sie die Hohe Frau repräsentiert, die du nie erreichen wirst. Egal, wie nahe ihr euch seid, sie wird immer an erster Stelle das Medium sein und du wirst ihre Liebe teilen müssen mit der Liebe zu ihrem seelischen Auftrag, es sei denn, du bist bereit, ein Teil von ihr zu werden, ein Teil ihres Auftrages und ihr zu folgen in bedingungsloser liebender Hingabe, ohne jemals ihre spirituelle Reputation zu hinterfragen. Kannst du dieses wirklich leisten, Stan?" Stan schaute versonnen auf sein Glas. Die betörende Wirkung des Nektars schien nicht einzusetzen und er hätte es sich doch so sehr gewünscht.

Kapitel 26

Julia schwitzte aus Leibeskräften. Es kam ihr vor, als wollten alle Körperflüssigkeiten durch ihre Poren in die Freiheit gelangen. Sie keuchte. Es war ihr, als wolle sie schreien, nicht vor Schmerz, nicht vor Lust, sondern aus innerer Anspannung heraus. Zwei Elfen, die Deklet und Julia in der Wohnhöhle dienten, waren damit beschäftigt, einen rot glühenden Kristall in ihr Drittes Auge einzuführen. Stunden zuvor stand Deklet vor dem Höhleneingang und bespie mit seinem Drachenfeuer diesen Kristall. Er erhitzte ihn nicht nur, er programmierte ihn mit dem Sternenwissen und den Zugangskoordinaten zu allen Zentralbewusstseinen der bekannten Sternenvölker.

Dieses war ein Handwerkszeug, welches Julia in ihrer zukünftigen Aufgabe benötigte, um Kontakt zu den extraterrestrischen Völkern aufzunehmen. Die klare und deutliche Kommunikation zwischen allen Ebenen des Selbst und anderer Entitäten sorgt für einen harmonischen Teppich und Unterbau, auf dem liebende Manifestation stabil gedeihen kann. So lag sie dort, Julia, und die Feen schwitzten nicht minder dabei, diesen Kristall einzuführen. Es verursachte keinen Schmerz, aber doch eine Anspannung, denn dieser Kristall verband sich während der Einführung mit ihrem gesamten spirituellen Sein und ihrem emotionalen Feld.

„Du hast es gleich geschafft", flötete Deklet, „und zur Belohnung fliege ich mit dir an den Bergsee und du kannst eine Runde schwimmen, wenn du möchtest." Julia liebte die Ausflüge mit Deklet. Er kannte die schönsten Plätze von ganz Atlantis und so gehörte der Bergsee der Argab-Berge zu einem dieser Plätze. Ein Bergsee in leuchtendem Petrol mit kristallklarem, warmem Wasser. Umgeben war der See von würzig duftenden Zedern und zwischen den Zedern befanden sich Elfenburgen. Und wenn man in diesem See schwamm, umschwirrten einen Lichtelfen. Ein mystischer

Ort, wie nicht von dieser Welt, gemacht für Entspannung und Rekreation. Oftmals entzündete Deklet mit seinem Drachenfeuer ein paar trockene Zedernscheite, die die Elfen auf sein Geheiß hin zu einem großen Haufen aufschichteten. Julia mochte es, wenn er sein Drachenfeuer einsetzte, und ihrer Meinung nach tat er dieses viel zu selten.

Sein Feuer war blau und Deklet erklärte ihr einmal, dass sein Feuer ein Feuer des Schutzes sei. Schutz durch Wissen und Schutz durch Weisheit. Blau sei das Feuer der kosmischen Liebe und, so sagte er, bliebe ihm nichts anderes übrig als Lehrer zu werden. Er erzählte ihr von ihrer zukünftigen Initiation, in der er mit drei seiner Drachenkollegen ihren Kristallthron befeuern würde - mit der roten Flamme um ihren Weg der Seele zu beschützen und mit der grünen Flamme um Heilung auszudehnen und um im grünen Licht dem göttlichen Bewusstsein, repräsentiert durch die gelbe Flamme, Raum zu geben.

Sie liebte Zedernfeuer. Wenn das Feuer das trockene Holz durchdrang, knackte es und Funken stoben aus den Scheiten heraus. Wie lichte, feurige Glühwürmchen tanzten sie am dunkel samtblauen Himmel von Atlantis.

Kapitel 27

Ein schwerer Duft lag in der Luft, denn die Ortax-Bäume standen in voller Blüte. Der Ortax-Baum, ein heiliger Baum, welcher nur in den Gebieten der Rhianis wuchs. Rhianis, ein Sternenvolk, welches aus dem Sternenfeld des Widders kam und hier auf der Erde in Atlantis seinen Dienst vollbrachte im Sinne der Heilung. Der Ortax-Baum, ein Baum, dessen

Wurzeln den alten Legenden nach bis zum Goldenen Meistergitternetz der Erde reichten. Er bezog seine Energie aus demselben und strahlte sie aus in die Heilungshöhlen der Rhianis, welche über und über mit verschiedensten Arten Edelsteinen besetzt waren. So gab es die Höhle der Smaragde, die Höhle der Kristalle und Diamanten, die Höhle der Rubine und auch die Höhlen des Lapislazuli.

Der Duft der Ortax-Bäume schwängerte die Luft und es roch wie eine Mischung aus Jasmin und Patschuli, süßlich und schwer. Ein Duft, der kaum zu beschreiben ist und der auch das Atmen eines Wesens schwer machen kann.

Julia war schon seit einigen Tagen bei den Rhianis. Sie war in Form eines Rückzuges dort, um sich auf ihre Initiation durch Gebete, Meditationen und kontemplative Übungen vorzubereiten. Sie befand sich in Klausur, das heißt, sie durfte keinen Kontakt zu anderen Wesenheiten haben außer zu sich selbst und zu den Rhianis.

Schwer wie der Duft der Ortax-Bäume waren ihre Gedanken. Sie dachte an die Unterweisungen, die sie von Deklet bekommen hatte und ging immer wieder im Geiste den Weg ihrer Initiation durch, um, sobald die Sache offiziell wurde, bloß keinen Fehler zu machen. Sie dachte an Deklets Worte der Unsterblichkeit und was das für sie bedeutete. Das bedeutet für sie, dass sie nur lieben konnte und in dieser Liebe ihre Erfüllung finden würde, selbst bis zur Auflösung ihrer eigenen Persönlichkeit, selbst so weit, dass alle Grenzen überschritten werden müssen. Julia war sich der Bedeutung dieser Worte von ihrem Verstand her sehr wohl bewusst, jedoch ihr Gefühl, ihr menschliches Sein hinderte sie oftmals an der Umsetzung dieser Tatsache, energetisch und ganzheitlich.

Julia ging ihren Gedanken nach, als sie sich auf den Weg machte, die Lapislazuli-Höhle der Rhianis aufzusuchen, um dort für sich und ihr emotionales Feld Erweiterung und Heilung zu erfahren. Ihr Feld, ihr emotionales Feld, war aufgewühlt, denn sie hatte erkannt, dass nichts mehr so sein würde wie vorher.

Und sie erkannte, dass sie über Kräfte verfügen würde, die kein Sterblicher besitzt. Das gab ihr nicht das Gefühl von Macht, das gab ihr das Gefühl von Kleinsein und Verantwortung, die sie nicht tragen konnte oder vielleicht auch noch nicht tragen wollte. Aber hier war sie eingewoben in den großen Plan des Göttlichen und eingewoben in den Plan des heilen Atlantis.

Ihre Persönlichkeit, ihre Bedürfnisse würden verschwinden hinter ihrer Aufgabe, würden in die zweite Reihe treten.

In der ersten Reihe war sie das Medium des Sternenfeldes Widder und als solches würde sie nach ihrer Initiation von jedem Wesen des bekannten Universums betrachtet werden. Julia wird nicht mehr existieren, nur noch das Medium wird erscheinen, wird existieren.

Als sie auf den Höhleneingang zuging, erschien vor ihrem geistigen Auge Madame Chantalle in London. Was hatte sie zu ihr gesagt? „Du wirst weinen und bald wirst du alleine sein." Julia verstand sofort, was damit gemeint war. Sie wird weinen um ihre menschliche Natur und allein sein im großen diamantenen Turm ihrer Vollmacht. Das hatte sie gemeint, das alte Medium, dachte Julia und ging in die Höhle voll mit Lapislazuli hinein.

Darin befand sich eine alte Rhianis. Sie war die Hüterin dieser Höhle und hieß Julia herzlich willkommen. Sie umarmte sie und sofort fühlte Julia, wie ihre dunklen Gedanken und ihre Gefühle aus ihrem Körper wichen. Es wurde still in ihr. Es wurde ruhig und sie fühlte sich ein bisschen wie der große See der Tränen, der still wie ein Spiegel vor ihr lag.

Alle ihre Gefühle wurden ruhig, denn die Lapislazuli taten ihre Wirkung. Blau, die Farbe des Schutzes und der Beruhigung. Blau, das Licht der Hingabe, der Erweiterung und des Einverstandenseins füllten ihren Geist und ihren Körper.

Die alte Rhianis bettete Julias Körper auf einen wundervoll polierten Stein aus Lapislazuli. Der Stein schien sich völlig Julias Körperform anzupassen, wie für sie geschliffen, wie für sie gemacht. Dieser Stein war warm und somit fühlte Julia auch ihren Körper getragen, von Wärme umgeben und aufgehoben in diesem Heilungsraum der Rhianis. Die Alte begann mit einem wunderbaren Celenit-Stab, der eingefasst war mit Elektrum, jenem mystischen Material, leicht auf einige Lapislazuli-Spitzen zu klopfen. Dadurch entstand ein Ton, ähnlich dem des Anschlagens eines metallenen Xylofons. Diese Töne mischten sich in der großen Halle und erzeugten ein symphonieartiges Konzert aus wundervollen Noten und Tönen, ein Lied, welches aus den Weiten des Sternenfeldes Widder kam und Julia fühlte in sich ein Gefühl von Heimweh nach ihrer Sternenheimat.

Kapitel 28

Es gab eine Menge vorzubereiten, eine Menge war zu tun und zu organisieren. Circa sechzehntausend Wesenheiten hatten sich angesagt, um zur Einweihung und zur Initiierung von Julia zu erscheinen. Es mussten Hangars errichtet werden, Lichtschiff-Parkmöglichkeiten. Doch die Kapazitäten auf der Erde waren begrenzt und somit entschloss sich Stan, die Parkmöglichkeiten auszuweiten auf den Erdtrabanten, der vor wenigen Millionen Jahren durch eine große Kollision mit der Erde entstanden war. Dort könnten die großen Lichtschiffe parken und gewartet werden und mit Pendlerschiffen die Gäste zur Erde gebracht werden, das war Stans Idee. Diese Idee erwies sich als sehr hilfreich, denn immer mehr Wesenheiten sagten sich an. „Das Zentralbewusstsein hat ordentlich die Werbetrommel gerührt", sagte Stan lachend zu Gwendy, die dabei war, ihm in seinem Haus eine wundervolle Lichtquelle zu manifestieren, die er benötigte, denn er stellte fest, dass seine physischen Augen durch die Nähe zur Pyramide von Poseidonis immer schwächer wurden. Somit hatte er häufig Schwierigkeiten, kleine Dinge mit seinen Augen zu erkennen. Gwendy bot ihre Hilfe an, indem sie eine Lichtquelle installierte, welche genügend Licht von sich gab, ohne jedoch gleißend zu sein. Stan war mit ihrem Manifestationsergebnis äußert zufrieden.

Die Unterbringungsmodalitäten der ganzen Sternenfahrer war eine logistische Herausforderung, denn das Ritual verlangte, dass alle hohen Würdenträger und Rangträger sich in der Heiligen Stadt aufzuhalten hatten und auch dort versorgt werden mussten. Hinzu kam, dass einige Behausungen spezielle atmosphärische Bedingungen erfüllen mussten, denn nicht für jede Wesenheit war Sauerstoff der Motor des physischen Lebens.

Mit diesen Gedanken und einem zweihundertköpfigen Komitee plante Stan die Inthronisation seines Mediums. Wichtig war diese Inthronisation nicht nur für Julia, sondern auch für ihn, denn durch die Weihe des Mediums würde er zur zweitwichtigsten Person im Widder-Hof aufsteigen und würde bei offiziellen Anlässen auch das Medium des Widder-Throns vertreten. Stan hatte also somit auch eine Art der eigenen Initiation vorzubereiten.

Sicherlich war er durch die Zentralbewusstseinsschulungen in den Inkubatoren auf dem Mars massiv unterrichtet worden und wusste über die Feinheiten, auch der diplomatischen Kunst, sehr wohl Bescheid.

So gehörte es auch dazu, sich in den höfischen Protokollen der verschiedenen Sternenrassen auszukennen und einen Affront aufgrund eines falschen Verhaltens zu vermeiden.

Trotz der vielen Arbeit blieb Stan in einer heiteren Gelassenheit, denn er wusste, es konnte nun nichts mehr schiefgehen bei der Inthronisation und auch für Julia.

Wenn er an Julia dachte, erfüllte ihn eine warme Energie und er verspürte eine leichte Sehnsucht.

Tumult breitete sich aus in der Heiligen Stadt und ein großes Geschrei erhob sich in den Gassen und auf den Kanälen des heiligen Ortes, der in der späteren Zukunft der Ort des Gottes Poseidon genannt wurde – Poseidonis – jene Stadt, die man aus der Sicht der Jetztzeit des Lesers als ein altes Venedig bezeichnen könnte, denn die Plätze und Straßen waren mit Wasseradern und Wasserstraßen verbunden.

Im Zentrum dieser Stadt erhob sich eine riesige Pyramide aus Diamant. Die Pyramide von Poseidonis und die sie umgebende Stadt wurde die Heilige Stadt genannt. Eine Stadt der Harmonie, der Ruhe und der Zufriedenheit. Gerade deshalb schauten Gwen und Stan erschrocken auf, als sie den Tumult wahrnahmen.

Kapitel 29

Gwen und Stan rannten nach draußen auf die Straße und die Wesenheiten liefen zusammen. Alle reckten ihre Köpfe zum Himmel. Der Himmel bot ein furioses Schauspiel, ein Schauspiel, welches in Atlantis in dieser Form noch nie zu sehen gewesen war. Am Himmel zuckten blass apricotfarbige Blitze entlang, die von grünen Schlieren und von blauen energetischen Fäden durchzogen waren. Es war ein Schauspiel der Farben, der Blitze und die ganze Atmosphäre loderte in diesen Farben. Stan und Gwen schauten zum Himmel mit einer Mischung von Faszination und Abscheu. Was war das für eine Energie? Und was war der Ursprung? Niemand konnte sich darauf einen Reim machen, bis ein Rauschen und Donnern die Luft erfüllte, und Deklet mit mächtigen Schwingen in Richtung der Pyramide von Poseidonis flog und dort landete.

Kapitel 30

Hunderte von Drachen waren in den Argab-Bergen aufgestiegen und machten sich auf den Weg zur Pyramide von Poseidonis. Ihre mächtigen Schwingen verdunkelten den Tageshimmel, der immer noch in furiosen Farben leuchtete. Wie ein großer Schwarm von Greifvögeln umkreisten sie in großer Höhe die Pyramide und sorgten dafür, dass die Reflexionen des Himmels nicht durch den Diamanten der Pyramide prismarisiert wurden. Dieses war eine Vorsichtsmaßnahme, um eventuell schädliche Energien von der Pyramide nicht potenzieren zu lassen, denn die Pyramide von Poseidonis prismarisierte Energien und stellte sie dem Kreislauf allen Lebens ungefiltert zur Verfügung. Deklet hatte seine Drachenbrüder und -schwestern gebeten, diesen Dienst zu vollziehen. Es war eine Vorsichtsmaßnahme. Deklet schnaufte schwer, als das linsenartige Portal sich seiner Größe angepasst öffnete und er trat ins Innere des Heiligtums ein. Dort wurde er vom Medium des Skorpion-Throns empfangen, welches aufgeregt mit einem ganzen Tablett voller kleiner Transmitterkristalle aus dem Archiv kam. „Deklet, es ist eine ernste Situation. Noch haben wir alles vom Zentralbewusstsein fernhalten können, doch wird dieses publik, wird es Atlantis für immer verändern."

„Du sprichst in Rätseln Medium", sagte Deklet.

„Du wirst es gleich erfahren", antwortete das Medium, „und ich weihe dich in das düstere Geheimnis ein, welches die zwölf Throne erschüttert." Er stellte die Transponderkristalle in einer mystischen Formation in die Mitte der großen Halle, stellte sich an den Rand der Formation und das Medium begann aus seinen Händen ein gelbes Licht in die Basis der Kristalle zu senden.

Über dem kleinen Kristallobelisken entstand ein dreidimensionales Bild, ein Hologramm und Deklet stieß ein leises Knurren aus, als er sah, was ihm das Hologramm zeigte. Er sah den Tod von Mars!

Kapitel 31

Die Wesenheiten des heiligen Bezirks und auch die Wesenheiten von Atlantis beruhigten sich.

„Es ist erschreckend zu beobachten", sagte Gwen zu Lea, „wie ein solches Ereignis in den Himmeln innerhalb weniger Stunden zur Normalität wird."

„Ich glaube, da sind alle Wesen gleich", sagte die Lemurianerin, „eine dramatische Situation kann nur dann auf Dauer ertragen werden, wenn sie durch die Kraft der Gedanken zur Banalität erklärt wird ansonsten würden die Wesenheiten verzweifeln."

„Da hast du recht", antwortete Gwen und nippte an ihrem Glas mit Pakash-Nektar. Lea machte sich auf den Weg zu den Mapo-Plantagen, um dort einen neuen Tank mit Gießwasser zu energetisieren und von schädlichen Schwingungen zu reinigen. Sie benutzte dazu oktaedrische Fluorite, die in den Bereichen von Lemurien an den Ufern der Flüsse zahlreich zu finden waren. Sie energetisierte dieses Mineral mit einem feinen, hohen Gesang und Sternenlicht und senkte sie in die Wasserbassins. Somit wurden alle schädlichen Einflüsse des Wassers transformiert. Gwen hingegen beschloss, sich die alten Turmalin-Archive im Tempel von Mu anzuschauen, denn sie hatte über die Liebe zur lemurianischen Sprache auch die Liebe zu ihrer literarischen Kultur entdeckt. Besonders faszinierte sie die bänderartige Schrift der fließenden Texte, welche ganz ohne orthografische Zeichen auskam. Viele Äonen später wurde aus dieser Schrift die babylonische Keilschrift, die auch heute noch auf Tontafeln gefunden wird.

Besonders interessierte Gwen der Schöpfungsmythos der Lemurianer und sie dachte lächelnd daran, dass ihre Großmutter ihr einmal erzählte, dass die Quelle des christlichen Schöpfungsmythos das *Gilgamesch-Epos* sei und Gwen hielt nun in der Bibliothek den Urtext des *Gilgamesch-Epos* in der Hand. Er kam von den Sternen, Agonaki, der Urvater der Lemurianer. In späterer Zukunft findet man Darstellungen der Agonaki als geflügelte Wesen in Fragmenten babylonischer Tempel. Diese inspirierten Jahrtausende später die christliche Vorstellung der Engel. Lemurianer in ihrer Urform hatten große, mächtige Schwingen, welche sie aber auf der Erde abgelegt hatten.

Gwen vertiefte sich in die leuchtenden Turmaline und tauchte ein in das Verstehen der Alleinheit, nicht mit ihrem Kopf und auch nicht mit ihrem Geist, sie tauchte ein mit ihrem Herzen und wurde erfüllt vom Gefühl einer tiefen Dankbarkeit über das Leben.

Kapitel 32

Der Gnom platze förmlich vor Aufregung. „Hoher Herr, du musst sofort kommen", und vor lauter Verzückung vergaß der Gnom, was er Stan sagen wollte und deutete mit seinem kleinen Stummelschwanz immer in Richtung der Pyramide von Poseidonis und seine spitzen Ohren, die sonst eher weißlich fahl waren, leuchteten giftgrün.

„Sammle dich", sagte Stan, „ich verstehe kein Wort! Ja, ich sehe die Drachen, die die Pyramide umkreisen. Es wird schon seine Richtigkeit haben, denn ich sah Deklet im Landeanflug auf die Pyramide." Erschöpft setzte sich der Gnom auf seinen Hosenboden und streckte seine kleinen Beinchen von sich. Es sah schon lustig aus, wie der Gnom auf dem Boden in Stans Haus saß und Stan musste unweigerlich lachen. „Ich denke, wir beide können einen großen Becher

Pakash-Nektar vertragen", sagte Stan und der Gnom nahm dieses Angebot gerne an.

Nach zwei kräftigen Schlucken beruhigte sich der Gnom und begann zu berichten: „Also, Hoher Herr, der große Lehrer Deklet entbietet Euch seine liebenden Grüße. Er bat mich als Bote zu Euch zu kommen und er informiert Euch darüber, dass in wenigen Minuten eine Konferenz auf dem Vorplatz der Pyramide stattfinden wird. Er bittet Euch, anwesend zu sein. Die vier heiligen Drachen werden auch dort sein und alle Medien der besetzten Throne." Stan war etwas verwundert über diese Botschaft, denn Deklet hätte wissen müssen, dass er alle Hände voll zu tun hatte mit der Organisation der Inthronisation Julias.

„Also ein hochoffizieller Anlass", sagte Stan, „dann werde ich mich jetzt mal umziehen und meine Gardeuniform wieder einmal aus dem Schrank befreien." Er warf dem Gnom einige Karfunkelsteine zu, die dieser hastig einsammelte. Gnome lieben Karfunkelsteine. Alles, was glitzert und funkelt, wird gesammelt und in den Behausungen der Gnome, welche sehr hell und freundlich sind, zu kunstvollen Ornamenten arrangiert.

Nach wenigen Minuten war Stan umgezogen und begab sich zu Fuß, es waren nur wenige Meter, zum Vorhof der Pyramide von Poseidonis. Er selbst durfte den heiligen Bezirk in der Pyramide nicht betreten. Auf dem Vorhof waren schon alle anwesend und Stan war ein wenig erstaunt über die Menge der Entitäten, die sich dort versammelt hatten. Die Pyramide schimmerte in einem sanften violetten Licht. Stan erschrak. Die Farbe der Trauer.

Kapitel 33

Stans Nerven waren zum Zerreißen gespannt. Er befand sich nun auf dem Vorhof der Pyramide von Poseidonis, wo viele Abgesandte der verschiedenen Völker von Atlantis versammelt waren. Es war gespenstisch, denn es lag eine enorme Spannung in der Luft.

Die Pyramide hatte ihre violette Färbung intensiviert. Einige Elfen gingen herum und verteilten violette Bänder als Zeichen der Trauer, welche sich die Teilnehmenden um ihre Körperteile legten.

Dann trat der Älteste des Hohen Rates der Lemurianer nach vorne, flankiert von zwei Abgesandten der Shomana und teilte den Anwesenden mit, welche großes Unglück es auf dem Nachbarplaneten Mars gegeben hatte.

Er mutmaßte, dass durch eine Art energetischer Angriff, eine Form der Energiewelle, sehr wahrscheinlich gelenkt durch die Weisheit der Grauen, der Mars seine Atmosphäre komplett verloren hatte. Der Verlust der Atmosphäre hatte binnen weniger Sekunden ein Massensterben auf dem gesamten Planeten zur Folge. Der Mars war nun ein toter Planet, und alle Bewohner und alle, die sich auf dem Mars befanden, hatten den Tod gefunden.

Die Lemurianer richteten sich in ihrer Form der Gebetshaltung auf. Sie legten ihre Köpfe nach hinten und ein Gurren, so könnte man dies beschreiben, erfüllte die Luft. Dieses Gurren war die Einleitung eines Trauerrituals, welches in Atlantis gleichzusetzen war mit einem heutigen Staatsbegräbnis.

Die Drachen, die die vier heiligen Feuer symbolisierten, begannen nun an den Ecken der Pyramide ihre Aufstellung zu nehmen und fingen an, ihre Farben in Form ihres Drachenfeuers in die Himmel gerichtet auszuspeien.

Zugleich begannen die Nymphen die Namen der Verstorbenen vorzutragen und die Menge fiel in stummes Schweigen.

Stan dachte an seine Zeit auf dem Mars. Hätte Julia ihn nicht erwählt, würde sein Name heute auch auf der Liste stehen und in dieser Trauerfeier vorgelesen werden. Er dachte an George und an all die Zeit, die sie miteinander verbracht hatten.

Er sah Georges Gesicht vor seinem geistigen Auge und wie viel Freude sie hatten, wenn sie miteinander Pont spielten, aber auch welch einen Enthusiasmus und Eifer sie in freundschaftlicher Art und Weise beim Lenken von Lichtschiffen und Organisieren von Patrouillen hatten.
Alles das war nun nicht mehr da!

Stan wusste, dass für ihn nun ein neuer Lebensabschnitt begonnen hatte. Die Zeit seiner Lehre in Atlantis war vorüber. Jetzt würde er bald ein Handelnder sein und es brannte sich tief in Stan ein, dass er so etwas, was mit dem Mars passiert war, auf jeden Fall nicht auf der Erde zulassen würde.

Das Leuchten, das Glühen, das vor wenigen Tagen noch den Himmel der Erde erfüllte, war ein Ausläufer des energetischen Angriffes auf den Mars. Die Welle war, allen Entitäten sei Dank, so abgeebbt, dass die Atmosphäre diese Welle über sich ergehen lassen konnte ohne Schaden zu nehmen.

Die Ottus berichteten, dass nur wenige Schäden am Material der Erde vorhanden seien. Dies sei bedingt durch ein leichtes Ablösen der Ozonschicht in den oberen Gefilden der Atmosphäre, was zu einer Veränderung der Gesteinsformationen der Oberfläche führte. Aber dies sei alles nicht so dramatisch. Die Erde war glimpflich davongekommen!

Stan wusste, dass er nun seine Position, die er einnehmen würde, auch nutzen würde. Er wusste, er würde alles tun, um den Tod seiner Freunde vom Mars aktiv zu rächen.

Kapitel 34

Lea, ihre Mutter und Gwendolyn gingen zu ihrer Flugscheibe. Die Trauerfeier am Platz der Pyramide von Poseidonis war vorüber.

„Es ist alles furchtbar", sagte Gwendolyn und Leas Mutter stimmte stumm zu.

„Ja es ist furchtbar", sagte Lea „und doch war die Bedrohung so real und so nah an unserem Lebensraum und keiner hat etwas gespürt."

Nach wenigen Minuten erreichten sie mit der Flugscheibe ihre Stadt. Sie landeten sanft in der Nähe des zentralen Platzes und Gwendolyn ging stumm zu ihrer Wohndruse. Sie öffnete die Tür. In der Druse saß Stan auf einem kleinen Holzschemel, den Gwendolyn sich manifestiert hatte. „Was machst du hier? Bist du nicht beim Empfang der Höfe nach der Trauerfeier?"

„Nein", sagte Stan. „Ich hatte jetzt keine Lust, mir die Geschichte immer und immer wieder anzuhören. Es geht mir alles zu nahe. Auch das Analysieren und das Aufarbeiten mit den anderen ist mir zuwider, denn ich brauche jetzt Zeit für mich und Ruhe. Aber ich würde mit dir gerne noch ein Glas von deinem Pakash trinken und dann werde ich wieder verschwinden und nach Hause gehen, denn an Arbeiten ist heute für mich nicht mehr zu denken." Gwen organisierte zwei Gläser und goss sie bis obenhin voll mit dem köstlichen Nektar. Sie tranken beide schweigend.

„Weißt du", sagte Gwendolyn, „wenn man nur etwas hätte, das warnt, das vorwarnt, ähnlich wie in der späteren Zukunft Warnanlagen für Tsunamis oder Ähnliches. Aber so etwas gibt es in Atlantis nicht."

„Doch", sagte Stan. „Schau dir deine Freundin Lea an, auch sie schützt jetzt. Auch sie schützt die Mapo-Pflanzen vor dem infizierten Wasser. Schutz ist jetzt nötig. Wir leben in einer Zeit, die schutzbedürftig ist".

Gwen stimmte innerlich zu: „Aber Schutz impliziert immer den Angriff. Ist es nicht ein Gebot der Liebe, dass Angriff nicht möglich sei? Ist es nicht ein Gebot, auf das Angreifende zuzugehen und ihm das Angebot der Versöhnung und der Harmonie zu machen?" Stans Gesichtszüge versteinerten sich.

„Nein, da irrst du in diesem Fall, Gwen, denn vor diesen Energien kann man sich nur schützen. Und ich sage dir, Angriff ist hier die beste Verteidigung."

Gwen hörte Stan zu. „Wie willst du das machen?"

„Ich finde einen Weg", sagte Stan. „Du weißt ja, wer ich bin. Der Wächter des Widder-Throns und mein Einfluss auf den Thron wird so groß sein und ich werde ihn jeden Tag ausbauen, dass Julia meiner aktiven Verteidigung zustimmen wird." Mit diesen markigen und düsteren Worten ging Stan und ließ eine etwas verwirrte Gwendolyn zurück. Gwen spürte, dass Stan nicht auf dem richtigen Weg war.

Kapitel 35

Julia hatte die Rhianis-Höhle verlassen und war glücklich darüber, in einem ausgeglichenen und ruhigen Zustand zu sein. Sie hatte in der Lapislazuli-Höhle Energiewellen von den Rhianis mitbekommen und bemerkte, irgendetwas hatte das Gefüge von Atlantis massiv gestört. Sie konnte nicht sagen was, denn wie gesagt, sie war ja abgeschnitten von der Außenwelt und hatte keinerlei Informationen. Sie merkte nur, etwas war geschehen. Sie ging in die Gemeinschaftsunterkunft der Rhianis. Dort saßen einige zusammen und aßen einen wunderbaren Mapo-Brei, der aus den Stielen der Mapo-Pflanze gewonnen wurde. Ein äußerst köstliches Gericht, fand Julia, die gar nicht genug von diesem Brei bekommen konnte. „Es ist wichtig", sagte eine Stimme zu ihr, „dass du jetzt etwas isst, denn die Arbeit am emotionalen Feld bedarf der Kohlenhydrate. Es ist wichtig, dass du diese deinen Körpern zuführst. Bitte komm und iss mit uns und sei unser Gast." Julia tat, wie ihr geheißen wurde und nahm sich eine große Kelle des köstlichen Gerichtes und fing an zu essen. „Hast du mitbekommen, was geschehen ist?", hörte Julia die Stimme zu sich sagen. Es war die alte Rhianis, die sich in der Lapislazuli-Höhle ihrer angenommen hatte.

„Nein", sagte Julia, „ich merkte nur eine Erschütterung im Gefüge. Was ist geschehen?"

„Ein Unglück. Ein unvorstellbares Unglück." Die Alte ging zum Transponder und aktivierte ihn. Und schon sah Julia in der holografischen Darstellung des Transponders, was geschehen war. Auch alle Anwesenden konnten diese Übertragung verfolgen, welche unablässig vom Zentralbewusstsein weitergegeben wurde.

„Das ist unfassbar", stammelte Julia. „Was soll ich nur tun?"

„Du tust gar nichts", sagte die Alte, „noch bist du hier. Aber morgen wird dich dein Lehrer abholen und wird dich in die Heilige Stadt bringen, in die heiligen Bezirke, denn dort beginnt das Ritual deiner Initiation. Wenn du deine Rolle gefunden hast, deinen seelischen Platz im Gesamtgefüge, dann wirst du handeln können und dann wirst du frei sein die Dinge zu tun, die notwendig sind."

Julia wusste, dass die alte Rhianis recht hatte und so ging sie mit gemischten Gefühlen und doch wild entschlossen, etwas an der Situation zu verändern in ihre Kammer. Dort angekommen fand sie ein Schreiben ihres Lehrers Deklet. Hastig öffnete sie die Umverpackung des Schreibens und las:

Liebe Julia, etwas Furchtbares ist geschehen, du wirst es schon mitbekommen haben. Aber dennoch bleibt es bei unserem Plan, auch wenn der Schatten der Zerstörung über deiner Initiation steht, wird dein Thron doch ein stabiler und dauerhafter sein im gesamten Gefüge der vereinigten Länder von Atlantis. Ich werde dich morgen früh abholen. Bitte nimm kein Frühstück zu dir, denn wir werden in Stans Haus empfangen. Dort wird für dein leibliches Wohl gesorgt werden.

Gedankenverloren legte Julia den Brief zurück auf den Tisch. Ja, dachte sie, ich werde dafür sorgen, dass für euer leibliches Wohl immer gesorgt sein wird.

Kapitel 36

„Nicht so steil", brüllte Julia, doch zu spät. Rums. Die Kralle seines rechten Flügels riss eine tiefe Furche in die Kristallziegel des Anwesens von Stan und die Ziegel rutschten klirrend zu Boden. Polternd landete Deklet im Innenhof von Stans Anwesen. „Na das war eine Meisterleistung", scherzte Deklet „aber warum müsst ihr auch eure Behausungen mit solch engen Höfen versehen? Wie soll ein normal gebauter Drache hier landen?" Trotz der Ernsthaftigkeit der Lage versuchte Deklet durch sein gespieltes Maulen und Zetern Julia bei Laune zu halten, denn er bemerkte, dass die Zerstörung des Mars und das unsägliche Leid der Millionen von Opfern die junge Anwärterin des Widder-Throns tief beschäftigte.

Mit dem Besuch von Stans Anwesen begannen die Initiationsfeierlichkeiten und sie würde für die nächsten Tage im Haus von Stan verweilen, um vorbereitet zu werden.

Da gab es noch eine Menge zu tun. Der größte Schritt für Julia würde sein, und es gruselte sie, wenn sie nur daran dachte, dass ihr Kopf kahl rasiert werden wird und sie ihre langen Haare verlieren wird. Denn alle Medien von Atlantis waren kahlköpfig. Da sie keinen atlantischen Körper besaß, war es nach dem Protokoll der Pyramide zumindest notwendig, dass sie unbehaart war wie jeder Atlanter.

Sie betraten die kleine hintere Halle des Anwesens. Deklet wollte gerade mit einer Entschuldigungsrede für die zerbrochenen Ziegel anheben und stammelte so etwas wie „Tschuldigung", worauf Stan abwinkte und sagte: „Ich habe deinen Landeanflug beobachtet und bin glücklich, dass Julia nichts passiert ist." In Julia erzeugten diese Worte eine warme Welle in ihrem Bauchraum, die sich sanft wie ein Erdbeben vom Epizentrum nach allen Seiten ausdehnte.

„Du musst dich beeilen, Julia", sagte Stan, „Gwen wartet oben in deinem Wohntrakt und hat Unmengen von Kleidern und Accessoires manifestiert. Es warten dort einige Dienerinnen, um dich umzukleiden." Pflichtbewusst tat Julia das, was Stan von ihr verlangte. Gwen begrüßte ihre Freundin stürmisch.

„Ach, das werde ich ab morgen nicht mehr tun dürfen", sagte Gwen traurig, „dann wirst du die Hohe Frau sein, das Medium, und ich bin dann dem Hofprotokoll der Pyramide unterworfen."

„Nein, das wird nie so sein", sagte Julia, „nur offiziell. Das werde ich nicht zulassen", und drückte Gwen noch fester an sich.

Gwen hatte ein petrolfarbenes Kleid herausgesucht und dazu einen Halsschmuck aus Gold, welcher die ziselierte Form von Mapo-Knospen hatte. Dazu setzte sie ihr einen goldenen Haarreif ins Haar, der ihre Haare zusammenfasste und sie wie Kaskaden über ihre schmalen Schultern fallen ließ.

Nun war sie bereit. Der Vorhang würde sich für den ersten Akt ihrer neuen Rolle als Medium von Atlantis öffnen.

Kapitel 37

In der großen Halle warteten die Abgesandten aller Völker von Atlantis auf Julias Erscheinen. Es wurden Höflichkeiten und Gesten der Zuneigung und Freundlichkeit ausgetauscht.

Man aß etwas, man trank etwas und jeder war bemüht, Julia zu signalisieren: Du bist nicht alleine in deiner Aufgabe. Julia genoss die Aufmerksamkeit und bewegte sich sicher und anmutig in der Menge. „Sie ist ein wenig jung", hörte sie zwei Rhianis-Abgeordnete miteinander tuscheln.

Sie wandte sich ihnen scherzend zu und sagte: „Wisst ihr, aus welcher Epoche ich stamme? Und wenn ihr einmal zurückrechnet, von wo ich komme, bin ich wesentlich älter als ihr!"

Mit solch einer Schlagfertigkeit hatte niemand gerechnet.

„Eins zu Null für dich", murmelte Stan ihr zu. „Dieser Punkt ging eindeutig an dich und du hast ihn gemacht." Dabei berührte seine linke Hand zärtlich Julias Hüfte. Sie spürte, dass ihr die Berührung guttat und in ihr erwachte eine Sehnsucht, sich seinen Berührungen vollkommen hinzugeben. Sie war verliebt.

Nun kam ein wesentlicher Punkt der Initiierung. Die Übernahme des alten Hofes. Damit war die Bestätigung der alten Hofmitglieder gemeint.

Ein zweiter Bestandteil des Rituals war, dass Julia ihrer Dienerschaft vorgestellt wurde.

Ihre Dienerschaft bestand aus Abgesandten aller Entitäten von Atlantis, sodass sie immer den Kontakt zu allen Völkern von Atlantis halten konnte. Damit war gewährleistet, dass sich jedes Volk ausreichend am Hof des Widders repräsentiert fühlte.

Eine Stimme sagte zu ihr: „Es wird nun Zeit Julia." Sie drehte sich um und erblickte eine junge, wunderschöne Shomana.

Das Gesicht war das Judys.

Julia wusste sofort, dass es nicht Judy war, aber die Züge und die Ähnlichkeit waren frappierend. Diese junge Shomana führte sie in den Teil des Wohntrakts zurück, wo das rituelle Bad für sie bereitet war und wo einige Elfen darauf warteten, ihr zu dienen, sie zu baden und zu salben und ihr den Kopf zu rasieren.

Stoisch ließ Julia die rituellen Waschungen über sich ergehen, doch sie konnte es nicht verhindern, dass beim Ansetzen des Rasiermessers eine kleine Träne ihren Augenwinkel verließ.

Kapitel 38

Bei Sonnenaufgang hörte sie den Ruf der Drachen.

Sie erwachte und sofort begann der Gesang der Medien.

Alle waren sie mit ihrem Gefolge zu Stans Haus gezogen und bildeten für Julia eine Gasse hin zu ihrer Inthronisation im Inneren der Pyramide von Poseidonis.

Julia wurde in den Farben von Atlantis, Weiß, Blau und Elektrum, einem hellen Gold, angekleidet und während sie vor die Tür trat, begann die Menge zu schweigen und die Höfe der anderen Throne warfen Blüten über sie.

Ihr eigener Hof hatte hinter ihr Aufstellung genommen und alle gingen schweigend, paarweise hinter ihr her. Stan ging direkt hinter ihr und die Stärke und Nähe seiner liebenden Präsenz gaben ihr Mut und Kraft für ihren Weg.

Unter Blütenregen erreichte sie das Portal der Pyramide von Poseidonis. Sie aktivierte ihr Symbol auf der Stirn, so wie sie es schon hunderte Male am Seelenspiegel getan hatte und linsenartig öffnete sich die Außenhaut der Pyramide.

Die Medien traten aus ihren Höfen hervor und nahmen Julia in ihre Mitte. Würdevoll schritt sie mit den Medien hinein in die Pyramide. Die Linse schloss sich, denn das, was jetzt geschah, war für öffentliche Augen nicht bestimmt.

Kapitel 39

Die Medien durchschritten mit ihr die große Halle und erreichten dann die Halle der Throne. Zwölf kristalline Throne standen im Kreis um eine wundervolle Intarsienarbeit aus Bernstein, die einen zwölfstrahligen Stern darstellte. Am Ende eines jeden Sternenstrahls stand ein Thron. In der Mitte des Sterns pulsierte eine Lichtsäule, welche der Transponder genannt wurde. Die Medien führten Julia zu ihrem Thron und teilten ihr mit, sie möge sich noch nicht setzen. Zwei Medien hatten in der Zwischenzeit einen langen, blauen Mantel geholt. Dieser Mantel war aus dichtem, schwerem Samt. Er war in den Feenreichen mit den Symbolen und Darstellungen aller bekannten Galaxien bestickt worden und alle Hauptsonnen der Galaxien waren durch aufgestickte Edelsteine dargestellt.

Dann durfte sie sich auf ihren Thron setzen. Ein Knistern und eine hohe Spannung lagen in der Luft.

Alle anderen Medien hatten ebenfalls ihre Throne erreicht, standen aber vor ihnen. Die Spannung und das Knistern in der Atmosphäre des Thronsaales waren sehr hoch und aus der Mitte des Transponders manifestierte sich eine sechsstrahlige Tiara aus Bergkristallen und schwebte wie von selbst auf Julias Kopf. Nun war der Kreis der Zwölf geschlossen und Julia war ein Medium von Atlantis. Ihr Thron-Name war Aruna. Das bedeutet: Mahnerin an die Sternengeborenen.

Kapitel 40

Nun saß sie auf ihrem Widder-Thron. Aruna. Julia war nicht mehr, und eine Kraft der unendlichen Liebe und Allverbundenheit erfüllte sie. Sie spürte auf ihren Wangen, wie heiße Tränen ihr Gesicht herunter liefen. „Du wirst weinen", hatte

Madame Chantalle gesagt, „denn du wirst alleine sein", und dieses Gefühl des Alleinseins spürte sie nun, als sie auf ihrem Thron saß. Sie wird die Dinge lenken müssen, das wusste sie in diesem Augenblick. Sie wird herrschen müssen und viele ihrer Dinge, die sie tun und sagen wird, werden nicht verstanden werden. Aber das war der Preis, den sie zu zahlen bereit gewesen ist, nicht als Mensch, sondern nach der Bestimmung ihrer Seele. Die Menschin Julia war in den Hintergrund getreten und die Repräsentantin des Sternenfeldes Widder war nun die Person, die man sah.

Die Medien verbanden ihre Tiaren miteinander. Ein weißer Strahl ging von Hauptkristall zu Hauptkristall einer jeglichen Tiara und die Throne erhoben sich in die Luft. Nun war die Schwerkraft in diesem Raum aufgehoben und in einem mystischen Tanz bewegten sich die Throne um den Transponder herum. In diesem Augenblick flossen die Informationen der Sternenenergien in die Medien ein und wurden durch ihr Dasein für alle Äonen in die Kristalle der kristallinen Wälder einprogrammiert. Das Zentralbewusstsein der Erde wurde geschult und Gaia war eine gelehrige Schülerin.

Kapitel 41

Die Feierlichkeiten mit den geladenen Gästen waren gewaltig. Sie wurden aufgrund der Wetterverhältnisse nicht wie geplant im Freien abgehalten, sondern in die der Pyramide vorgelagerte Festhalle verlegt. Seit der Manipulation des Wassers kam es immer wieder zu nicht geplanten Regenfällen, welche sehr ungewöhnlich im Reich von Atlantis waren.

Erlesene Speisen und Künstler aus den verschiedenen Bereichen der Sternenfelder machten diesen denkwürdigen Abend zu einem Ereignis, das Julia nie wieder vergessen würde.

Nach dem Verlassen des Thronsaals hatte sich der Umgang mit ihrer Person verändert. Sie wurde mit höfischem Protokoll und Zeremoniell behandelt und mit ihrem Thron-Namen angesprochen. Julia, die jetzt Aruna war, ließ dies alles über sich ergehen und sie ertappte sich dabei, wie ihr Blick durch die Masse der Wesen suchte, um das bekannte Augenpaar von Stan zu erblicken.

Kapitel 42

Die Initiierung war vorüber und auch die anschließenden Feierlichkeiten hatte Aruna gut überstanden. Nun war sie wieder im Wohntrakt des Gebäudes ihrer Wächter. Es war eine sehr laue Nacht und keine Grille, kein Insekt war in dieser Nacht zu hören. Sie hatte sich entkleidet und ihr Nachtgewand angezogen. Sie stand auf dem Balkon ihres Zimmers und schaute in die Schwärze der Nacht hinaus, die sternenlos war. Sie spürte auf sich den Druck und die Last ihres Amtes, aber auch auf der anderen Seite die Freiheiten, die sie nun genoss aufgrund ihres Status als Inhaberin des Widder-Throns. Vieles musste, ja, vieles sollte sich auch verändern. Das hatte sie sich fest vorgenommen vor ihrer Initiierung. Und nun spürte sie, dass dieser Druck sie schier in den Boden drückte, denn sie war eine Gefangene zwischen Konventionen energetischer Natur. Sie konnte sich nicht mehr frei und ungezwungen wie eine Schülerin von Deklet bewegen und über kritische Fragen versuchen in die Tiefen der Weisheiten und Wahrheiten seiner Worte einzudringen. Jetzt war sie ein Teil eines großen energetischen Getriebes und sie war ein Schlüsselelement. Denn würde sie nicht funktionieren im Sinne des großen Ganzen, würde das große Ganze nicht mehr funktionieren.

Sie spürte das Alleinsein, das Madame Chantalle ihr prophezeit hatte. Jetzt wusste sie, dass dieser Moment damit gemeint war. Es war nicht eine große Liebe gemeint, sondern es war das Amt, das ihr das Gefühl gab alleine zu sein. Sie war nicht einsam, denn ständig waren Höflinge um sie herum. Und jeder Wunsch wurde ihr von den Augen abgelesen. Aber sie war alleine. Denn jede Entscheidung, die sie treffen musste, musste sie alleine treffen. Ihr Hof, ihr angestammter Platz innerhalb dieses Hofes, funktionierte wie ein Uhrwerk. Alles vollzog sich nach den strengen Regeln des atlantischen Protokolls. Auch die Ansprachen waren geregelt und protokolliert. Das möchte ich verändern, dachte sich Aruna. Ich möchte verändern, dass mich Höflinge nur noch in gebückter Haltung ansprechen. Ich möchte verändern, dass mir nach dem Mund geredet wird, ich möchte einen klaren Dialog und möchte im Austausch der freien Meinung meine Entscheidung treffen. Ja, sie plante sogar die Einführung einer Art Demokratie, die es aber sicherlich schwer hatte, in diesen angestammten, alten und konservativen Einstellungen wirklich Raum zu finden, denn dafür gab es noch keine Erfahrungen. Atlantis war in seiner Struktur trotz der Offenheit aller Sternenenergien gegenüber in seiner Grundstruktur sehr fest.

All diese Gedanken durchstreiften ihr Gehirn wie kleine schmerzende Stiche. Aber sie war fest entschlossen einen Weg zu finden. Überraschend spürte sie eine Präsenz im Raum, eine Kraft. Sie bemerkte, wie sich Stan hinter ihr aufbaute. Sie genoss seine Energie, die Energie seiner Stärke und die Energie seiner Kraft. Sie drehte sich um und fand sich sofort in seinen Armen. Die Liebe zwischen ihnen beiden war erwacht.

Doch das war einem Medium nicht erlaubt. Persönliches Glück, persönliche Liebe war im alten Atlantis eine Einschränkung ihres Amtes. Sie würde darüber manipulierbar oder parteiisch und somit wusste sie genau, dass ihr Gefühl etwas Verbotenes war. Doch in dieser Nacht spielte kein Verbot eine Rolle.

Kapitel 43

Gwendolyn war im Studium der heiligen Schriften der Lemurianer vorangekommen. Sie durchforstete schon seit Monaten nahezu das gesamte Archiv und versank immer mehr in der Mystik. Gwendolyn entdeckte dort die Grundlagen ihrer eigenen Religion. Sie erkannte dort auch die tiefen Weisheiten des liebenden Wissens der Sterne. Die Mythen der Erschaffung und die Mythen der Zerstörung. Das Gleichgewicht aller Kräfte in der Natur sowie auch aller mystischen Kräfte musste gewahrt werden. Sie begriff es immer tiefer und immer deutlicher in ihrem Herzen. „Ja, ich werde dieses Gleichgewicht erhalten", sagte sich Gwen, „koste es, was es wolle und ich werde mein Möglichstes tun um das Gleichgewicht der Kräfte auf alle Teile der Erde auszudehnen." Denn sie erinnerte sich an ihre Zukunft. Und sie erinnerte sich an ihr Heimatland, an die großen Konflikte, welche sich in Nordirland zwischen Katholiken und Protestanten nicht lösen ließen und an die großen Erschütterungen und die großen Schmerzen, die dieser Konflikt dem irischen Volk bereitete.

Gwen entschloss sich, am nächsten Tag Stan aufzusuchen. Denn Julia, Aruna, konnte sie nicht mehr so einfach besuchen. Sie war nun ein Medium und um sie zu sehen, benötigte sie eine Audienz. So wollte sie Stan zum Mittler machen zwischen ihr und Aruna. Ihr Entschluss ihn morgen aufzusuchen machte ihr Mut, ihr Vorhaben, ihre Gedanken bald in die Tat umzusetzen, das Gleichgewicht von Atlantis wieder herzustellen, die Manipulation des Wassers und den Angriff der Grauen, welcher zur Erschütterung des Gesamtgefüges führte, diese Energien auszugleichen, zu harmonisieren und somit Erlösung und Lösung zu schaffen. Dazu brauchte sie Stan.

Sie ahnte nichts von Stans Plänen.

Kapitel 44

Aruna erwachte in Stans Armen. Noch nie hatte sie ein solches Gefühl von Sicherheit, Geborgenheit und Zuversicht erlebt. In der Nacht vollzog sie mit ihm das Ritual der Herzöffnung und schenkte ihm ihr energetisches Herz. Dieses ist ein alter Ritus in Atlantis und ist zu vergleichen mit einem Ehebund. Ein heiliger Bund zwischen zwei Herzen. In diesem Bund feiert sich die gemeinsame Liebe und in diesem Bund wird die Verantwortlichkeit füreinander übertragen.

Dieser Bund ist ein Bund, der auf Seelenebene geschlossen wird und sich somit in die Unauflöslichkeit begibt. Sie war glücklich, denn sie hatte das Gefühl in sich angekommen zu sein. Angekommen zu sein bei Stan. Sie spürte, wie sehr sie ihn brauchte, seine Berührung, seine Nähe und seine Präsenz. Sie selbst, die eine Leiterin war, eine Führungspersönlichkeit war, sehnte sich danach geleitet zu werden, geführt zu werden. Sie glaubte in Stan diesen Führer für sich gefunden zu haben. Sie ahnte nicht, in welche Gefahr sie sich und den Widder-Thron mit dieser Nacht gebracht hatte.

Stan erhob sich von dem gemeinsamen Nachtlager, ging hastig aus ihrem Zimmer und warf ihr schelmisch einen Kuss zu. Sie erwiderte ihn. Es durfte keiner der Bediensteten wissen, dass die beiden ein Paar waren. Denn das Medium des Widders gehörte allen und nicht nur einem Auserwählten.

Schon wenige Minuten später betrat die erste Dienerin den Raum und grüßte Aruna ehrfurchtsvoll. Sie erwiderte kühl den Gruß und ließ das Protokoll des Waschens und Anziehens über sich ergehen. Dann trat sie auf den Balkon, um die morgendliche Huldigung des Hofes entgegenzunehmen. Nach dem Frühstück gab es hunderte von energetischen Depeschen zu bearbeiten, zu lesen, zu programmieren und so weiter.

Der Alltag eines Mediums von Atlantis hatte sie sehr schnell eingeholt. Schon einen Tag nach der Inthronisation war sie voll in ihrem Amt und hatte zu funktionieren. Am Nachmittag hatte sie geplant sich mit Stan zu treffen, natürlich hochoffiziell. Ihr Treffen stand unter dem Thema, Schutzzonen vor interstellaren Energien um den Planeten

Erde einzurichten. Stan wollte ihr diese Pläne unterbreiten. Aruna ahnte nicht, dass Stan sich hier zu einer grauen Eminenz aufbaute und dass sie nichts anderes war als der Schlüssel zu seiner Macht.

Kapitel 45

Aruna trug ein dunkelrotes Kleid, dazu leuchtende Rubine an ihren Ohren. An ihren kahlen Kopf hatte sie sich gewöhnt, es sah sogar mystisch aus. Sie fand sich sogar etwas sexy mit dem kahl geschorenen Schädel. Stan verneigte sich höflich vor ihr, wie es das Protokoll erwartete und küsste ihre Stirn, mehr das Symbol auf ihrer Stirn, denn er war der oberste ihrer Höflinge und konnte sich auch Aruna körperlich nähern. Das war anderen Höflingen nicht erlaubt, nur ihm, als ranghöchster Wächter, war dies möglich. So nahm sie diesen Kuss auf ihre Stirn auch sehr angetan entgegen.

„Nun Aruna, ich bin gekommen, um dir meinen Plan zu unterbreiten", sagte Stan. „Ich plane in Zusammenarbeit mit dem Rat der Schwesternschaft der Schilde der Plejaden und mit den Schiffen der Lichten Raumbruderschaft unter dem Kommando von Ashtar Sonden um die Erde zu stellen und zu platzieren, energetische Sonden, welche sich in der Höhe von vierundsechzig Kilometern oberhalb der Atmosphäre dieser Erde befinden. In einer orbitalen Station sollen diese Sonden netzartig verbunden werden und somit ein Abschirmen der gesamten Erde vor energetischen Störungen ermöglichen." Aruna hörte sich Stans Pläne sorgsam an. Sie klangen schlüssig. Sie klangen gut. Ja, warum nicht, denn noch deutlich hatte sie das Schicksal des Mars vor Augen, der innerhalb weniger Sekunden alles Leben und alles Wasser verlor. Es ist wichtig, dachte sie, die Erde zu schützen.

Da sie der Thron der Erneuerung und der Thron der Innovation und der Technik war, war es ihr möglich, diese Dinge alleine zu entscheiden. Sie musste lediglich alle anderen Medien darüber in Kenntnis setzen, aber nicht um Erlaubnis fragen.

So erbat sie sich, wie das Protokoll es vorsah, von Stan drei Erdentage Bedenkzeit aus, um dieses zu überdenken und es auch mit ihrem beratenden Gremium, so sie eines hatte, zu besprechen. Aruna bedankte sich bei Stan und er hinterließ ihr einen Kristall mit allen Informationen.

Gedankenverloren nahm sie den Kristall an sich und dachte nur an seine Liebe, dachte nur an seine Zärtlichkeit und seine Berührungen. Sie wusste nicht, dass sie der Fisch war, der sich schon längst in einem Netz aus Intrige verfangen hatte. Und aus diesem Netz gab es kein Entrinnen.

Kapitel 46

Stan triumphierte. Gut, dass Aruna sein Gesicht jetzt nicht sehen konnte. Er hatte einen Punkt gemacht in diesem Spiel. Er hatte die Sonden als Schutz verkauft. Die Sonden sollten die Erde zwar auch schützen, aber gleichzeitig dachte Stan auch an eine lückenlose Überwachung aller Völker des großen Kontinents und auch daran, Informationen über eventuelle Unruhen, Umtriebigkeiten oder Disharmonien direkt auf dem Schreibtisch zu haben. Stan ging es um Überwachung. Denn nach seiner Erfahrung mit den Grauen merkte er, dass selbst hochspirituelles Bewusstsein überwacht werden musste, um eine solche Eskalation wie bei den Grauen auf der Erde zu verhindern.

Stan wusste nicht, dass dieser Gedanke, den er in sich trug, die Frucht der Infektion des Elixieres des Vergessens war, mit dem sein Lichtschiff kontaminiert war. Er selbst war mit der Frucht des Vergessens in Berührung gekommen und somit verlor er mehr und mehr den inneren Kontakt zu seinem göttlichen Ursprung. Er merkte nicht, dass auch er ein Gefangener einer Kraft war, die weit höher war als er selbst.

So versuchte er sich über ein System der Kontrolle, des Zwangs und der Überwachung ein Gefühl von Sicherheit zu geben. Ein Gefühl, das er in sich nicht halten konnte, denn die Trennung zu seinem göttlichen Kern war bereits vollzogen.

„Es ist so wichtig, dass wir begreifen, dass die Trennung vom göttlichen Kern die Trennung von der eigenen inneren Harmonie und Sicherheit nach sich zieht. So ist es auch wichtig zu begreifen, dass du, Stan, hier an dieser Stelle einen Fehler machst, den du nicht spürst, einen Fehler, der die gesamten Welten in Aufruhr bringen wird."

Gwen erwachte. „Was hast du gesagt Lea?" Lea befand sich noch in tiefem Schlaf. Sie sprach zu Stan. Wie kann das sein. Stan war mit Sicherheit im heiligen Bezirk und sie waren Hunderte von Kilometern vom heiligen Bezirk entfernt. Sie weckte Lea. Lea wachte schlaftrunken auf.

„Was ist denn los, Gwen? Hast du einen Albtraum?"

„Nein", sagte Gwen, „du hast zu Stan gesprochen und hast ihn gewarnt."

„Ich?", sagte Lea überrascht. Und Gwen wiederholte die Worte, die Lea zu Stan sagte. Eine eindeutige Warnung. Er habe den Kontakt zum göttlichen Sein verloren, zum inneren Kern. Er will ein System der Überwachung installieren in Atlantis. Woher wusste Lea das alles? Lea war selbst sehr erstaunt, denn in ihren Familien gab es seit Jahrhunderten keine seherischen oder hellsichtigen Fähigkeiten, auch war keine Prophetin oder Prophet in ihrer Blutslinie bekannt. „Wir müssen mit den Alten reden", sagte Lea „sie wissen Rat. Bitte halte Stillschweigen über die Dinge, die heute Nacht geschehen sind", bat Lea Gwen inständig und Gwen schwor bei allem, was ihr heilig war, dass kein Wort darüber über ihre Lippen kommen würde.

Lea und Gwendy machten sich auf den Weg. Sie gingen auf direktem Wege hin zum Eingangsbereich des Tempels von Mu. Dort hofften sie die Weisen des Tempels zu treffen. Sie betraten die Eingangshalle und schon begegnete ihnen Saphira, die Abgesandte von Alcyone, die von Zeit zu Zeit den Tempel von Mu aufsuchte, um dort für sich ein persönliches Retreat abzuhalten. Saphira grüßte die beiden höflich, verwies sie an die Weisen und führte sie in den Saal der Konferenz. Dort saßen drei der heiligen Lemurianer, jene Wesen, die den großen schwebenden Turmalin inmitten des Tempels besangen und energetisierten. Dieser Turmalin schwebte und gehorchte nicht den Kräften der Gravitation dieses Planeten.

Gwendy und Lea brachten ihr Anliegen vor und baten höflich um Auskunft. Einer der Heiligen schaute Lea mit seinen gütigen Augen durchdringend an. „Junge Tochter von Lemurien, das Menschenbewusstsein, das ihr Stan nennt, ist auf einer Seelenebene mit dir verbunden und ihr erfüllt in dieser Ist-Zeit eine seelische Absprache, die ihr vor vielen Jahren vor-inkarnatorisch getroffen habt. Deine Seele möchte seine Seele läutern und so wird es deine Aufgabe sein, Stan von seinem üblen Weg abzubringen." Lea war erstaunt, denn Stan verkörperte für sie ein hohes Bewusstsein und war auch im Rang der atlantischen Hierarchie deutlich über ihr. Doch sie war entschlossen, sich dieser Aufgabe mit Gwendys Hilfe zu stellen. Insgeheim hoffte sie, dass auch das Medium Aruna auf ihrer Seite stand.

Kapitel 47

Aruna hatte einen langen Tag voller Audienzen hinter sich. Sie freute sich auf ein paar private Stunden gemeinsam mit Stan. Sie mussten ihre Beziehung geheim halten, denn diese Beziehung war aus gesellschaftlichen Gründen in Atlantis nicht möglich. Das war eine wesentliche Sache, die Aruna ändern wollte; doch dies stand aufgrund der energetischen Situation dieses Planeten nicht an oberster Stelle der Prioritätenliste.

Stan betrat ihr Zimmer, nahm sie in die Arme und instinktiv spürte Aruna, dass etwas nicht stimmte.

Der ansonsten offene Blick von Stan war seltsam abwesend und er war äußerst wortkarg. Wenn er aber etwas sagte, hatte es meistens Hand und Fuß oder traf sie wie ein Schwert.

Das war genau ihre Thematik. Da sie durch ihre Initiation mit Sternenkräften in Berührung kam, die die menschliche Persönlichkeitsstruktur dahingehend änderten, dass sie keine Grenzen mehr aufbauen konnte zu jenen, mit denen sie das Herzritual vollzogen hatte, war sie ihm ausgeliefert. Dies schien er zu spüren und er genoss seine Vormachtstellung. Aruna öffnete sich Stan und erklärte ihm die Situation. Sie wusste, dass sie sich damit in seine Hände begab, doch sie erhoffte von ihm Verständnis für ihre Situation. Weit gefehlt!

Kapitel 48

Lea saß versunken auf dem Mapo-Feld und lehnte ihren großen Rücken an ein Wasserbassin. Sie kaute unablässig auf einem Finger ihrer rechten Hand und starrte dabei auf die Mapo-Pflanzen, die sich in der Meeresbrise wiegten.

Ich brauche einen Plan, dachte sie, um Stan von seinem Vorhaben der Überwachung und Manipulation der Bewohner von Atlantis abzubringen. Doch sie brauchte nicht lange darüber nachzudenken, denn völlig außer Atem kam ihre Mutter aufs Feld gerannt und rief sie zu sich. „Gwendy schickt mich", sagte sie, „bitte komme sofort zu den Wohndrusen. Das Medium des Widder-Throns ist bei Gwendy und benimmt sich seltsam. Gwendy braucht deine Unterstützung und vor allem deine seelische Verbindung zu Stan."

In Windeseile erreichten sie die Wohndruse in der Stadt der Lemurianer. Dort fand Lea Gwen kniend am Boden und Aruna, die Hohe Frau, saß auf einem Schemel. Ihr ganzer Körper schüttelte sich in Weinkrämpfen. Das Medium war völlig außer sich und wurde von Emotionalität geplagt. Leas Mutter, die sich hinter Lea auftürmte, sagte zu ihr: „Du meine Güte, die Hohe Frau ist in der Hitze." Lemurianer haben

Zyklen der Empfängnis, die Hitze genannt wird, und sie benehmen sich dann äußerst emotional.

Gwendy versuchte beruhigend auf Aruna einzureden, doch sie konnte sie nicht erreichen. „Sag mir doch, was vorgefallen ist", bat sie Aruna. Und unter Weinen erzählte Aruna von dem Verrat, den Stan begangen hatte.

Sie hatte dem Vorhaben des Schutzwalls zugestimmt, und sofort ging Stan mit seinem Team und dem Hof des Widders an die Umsetzung des Vorhabens. Bis sie des Nachts geweckt wurde, und eine Abgesandte der Shomana, jene, die Judys Gesicht hatte, sie aufgeregt aus dem Schlaf riss und ihr mitteilte, dass die Seher ihres Volkes alle gleichzeitig erblindet seien und sie nicht mehr die Möglichkeit hatten in die Mysterien der Sterne zu blicken. Jedoch erkannte ein alter Seher vor seiner Erblindung satellitenhafte Maschinen im Orbit der Erde. Sie möge doch bitte überprüfen, ob es sich hierbei um einen Angriff der Grauen handle. Aruna ging sofort in die Pyramide und verband sich mit ihrem Thron. Dann sah sie, was die Ursache der Störung war. Sie sah, dass Stan im Begriff war, die Schutzsatelliten zu manipulieren, indem er die notwendigen Kristalle durch arkturianische Rauchquarze ersetzte, die er zuvor mit seinem Gehirncode programmiert hatte.

So konnte Stan von jedem Ort der Erde aus, diese Satelliten lenken und manipulieren. Da Stan eine Abneigung gegen die Seher-Kaste der Shomana hatte, und das wusste Aruna, war ihr sofort klar, was passiert war. Der Verrat durch Stan wurde offensichtlich und sie wusste, was das bedeutete: Sie würde dafür verantwortlich gemacht werden und laut höfischem Protokoll musste sie sich vor den Schädiger stellen.

Hinzu kamen ihre enttäuschte Liebe und ihr enttäuschtes Vertrauen.

Kapitel 49

„Hohe Frau, ihr müsst in euren Herrschersitz zurück!" Mahnend klangen die Worte der kleinen Ottus-Frau in Arunas Ohren.

„Nein, ich bleibe hier", sagte Aruna. Sie befand sich immer noch in Gwendys Wohndruse, denn Gwendy war die Einzige, der Aruna im Moment vertraute. Doch die kleine Ottus-Frau ließ nicht locker. Aruna wusste, dass sie recht hatte, denn ihr Fehlen im höfischen Zeremoniell der Pyramide von Poseidonis würde für Aufsehen sorgen. Aruna war dies egal. Zu sehr war sie von Stan enttäuscht, sie konnte sich nicht einmal von ihm entledigen, denn die Aufgaben in Atlantis wurden aufgrund der seelischen Zugehörigkeit erteilt und nicht aufgrund von Ausbildung oder Leistung. Aruna hatte nicht die Kraft, Stan zu begegnen und das würde sie zwangsläufig in ihrem Palais bei der Pyramide von Poseidonis. Selbst wenn sie wollte, sie konnte ihm nicht aus dem Weg gehen. Konfrontation war genau das, was sie jetzt nicht gebrauchen konnte.

Sie sehnte sich nach ihrem alten Lehrer Deklet, der irgendwo in den Argab-Bergen in seiner Höhle war und sich nun seiner Lieblingsbeschäftigung hinzugeben schien, das großflächige Malen von Bildern mit der Bürste an seinem Drachenschwanz.

Sie schaute aus dem Fenster und dachte seinen Namen.

Nur wenige Minuten später wurde das Haus von mächtigen Drachenschwingen überspannt. Deklet war gekommen, um dem Medium beizustehen. Freudig lief Aruna aus dem Haus, um Deklet zu begrüßen. Würdevoll verbeugte sich der große Drache vor der kleinen Hohen Frau, um sich dann aber wieder aufzurichten und sich auf die Seite jenseits des Protokolls zu begeben. „Bist du von jedem guten hellen Sternenlicht verlassen, liebe Julia?", donnerte er sie an. „Wie kannst du es wagen, den Tempel deiner Seele mit den Energien deiner Gefühle zu schänden? Hast du denn gar nichts begriffen, du dummes Menschenkind? Eine Herzverbindung ist dann zu machen, wenn deine Seele danach ruft und nicht deine romantische Vorstellung. Viele Menschen in deiner Zukunft verbinden sich aufgrund romantischer Gefühle, weil sie es verlernt haben, ihre Seele zu befragen. Die Frucht davon ist Leid und Verrat. Du regierst nicht mit dem Herzen, sondern mit den Launen deiner Gefühle. Du liebst es, wenn du hofiert wirst und du hasst es, Entscheidungen zu treffen. Ich beobachte dich aus der Ferne, Julia und mir missfällt, was ich sehe."

Das Medium des krummgehörnten Bergschafs hatte mächtig eins zwischen die Hörner bekommen. Betreten stand sie da und wusste nicht, was sie sagen sollte. In ihrem Herzen breitete sich Ruhe aus, denn ihr Bewusstsein signalisierte ihr, dass Deklet recht hatte.

Kapitel 50

Deklet ging mit Julia, Aruna, nun zu einem etwas entlegenen Teil der Stadt der Lemurianer. „Du weißt, was du falsch gemacht hast", fuhr Deklet in milderem Ton fort. Aruna nickte etwas betreten, denn ihr wurde klar, wo der Fehler lag.

Sie hatte sich vor Stans Karren spannen lassen, sich aufgrund ihrer Gefühle für ihn manipulieren lassen. Dieses führte zu jener Katastrophe, die erst begonnen hatte, sich aber mehr und mehr, wie ein Geflecht aus Schimmelpilz, über den gesamten Planeten ausweitete.

Stan war zum Herrscher geworden und hatte somit die Medien von Atlantis ausgebootet. Alle Energien liefen nun über dieses Konstrukt, welches er vermeintlich zum Schutz der Erde aufgebaut hatte. Er war der Herrscher dieses Konstrukts und war somit der Herrscher über das Zulassen oder Ablehnen von Sternenenergien auf diesem Planeten.

Eine Leere, die sich fast wie eine Ohnmacht anfühlte, erfüllte Julia. Sie hatte diese Leere mit verursacht. Das war ihr klar. Ihre Liebe zu Stan wurde dadurch aber nicht verändert. Sie fühlte nur tiefer und stärker und fühlte, dass sie auch ein Medium für Stan war.

Das heißt, dass sie hier in ihre Energie der Leitung eintreten musste. Diese Leitung begann sie nun innerlich zu strukturieren und zu fühlen. „Ich werde handeln, Deklet", sagte sie, „ich werde sofort handeln. Sei so gut und bring mich auf deinen Schwingen zurück zum heiligen Bezirk. Ich muss jetzt in die Pyramide. Ich muss Kraft tanken und muss dort zu mir finden."

Deklet war froh, so etwas von Aruna zu hören.

Sofort schwang sie sich auf seinen Nacken, was sie ab und an tat, denn sie hatte gelernt, einen Drachen zu reiten. Deklet hob mit machtvollem Schwung der Flügel ab und brachte sie zur Pyramide von Poseidonis.

Nur wenige Flugminuten später befand sich der große Drache mit Aruna vor der Pyramide von Poseidonis. Sie aktivierte ihr Symbol und beide betraten die große Halle der Pyramide. Innerhalb der Pyramide war ein helles gleißendes Licht. Das Violett der Trauer war verflogen und die Pyramide glänzte in einem starken Apricot. Dies war eine Schutzmaßnahme, denn das apricotfarbige Licht sollte die emotionalen Felder und die spirituellen Dinge der Wesenheiten auf Atlantis in dieser angespannten Situation schützen und stärken. Denn in allen Völkern brachen interne Konflikte aus, gesteuert durch die Miss-Manipulation der Sonden um die Erde herum, gesteuert von Stan.

Aruna setzte sich auf ihren Thron, aktivierte ihre Energiefelder und ein Lichtstrahl aus dem Transponder traf sie auf ihrer Stirn. Sofort war sie auf der Reise hin zu den Sternen, denn sie suchte sich Hilfe, Hilfe vom Rat von Sirius, den Rat von Sirilia von Sirius. Sie bekam Hilfe.

Kapitel 51

Sirilia von Sirius, eine großgewachsene Sirianerin, empfing Aruna geistig in ihrem Audienzzimmer. „Die Erde ist in großer Gefahr", sagte Sirilia. „Sie wird manipuliert vom Ton der Missachtung." Für einen Sirianer sind Schwingungen Töne. Auf der Erde wurden Schwingungen als Licht bezeichnet und mit Lichtschwingungen und Farben definiert. Auf Sirius war das anders. Sirius, eine Gemeinschaft von großer Symphoniehaftigkeit. Töne, Symphoniefolgen und Akkorde waren wichtig. Dort auf Sirius wurde Energie so definiert und gelenkt. Deshalb sprach Sirilia von Tönen.

„Ein Missklang ist hineingekommen in diese Erde", sagte Sirilia ernst. „Es wird deine Aufgabe sein das Orchester des Lebens neu zu arrangieren und aus dem Misston des Lebens ein Lied des Lebens zu gestalten."

Aruna hörte sich dieses an und Sirilia führte sie hin zu einem großen Transponder und zeigte ihr die Zukunft der Erde. Aruna war sehr betreten, nachdem sie das gesehen hatte.

Sie sah, dass die Sternenwesen von der Erde verschwunden waren und sie sah, dass eine Spezies, die sich Mensch nannte, die ganze Erde bevölkerte. Sie sah, wie Völkergruppen in Ländern aufgeteilt, Konflikte führten ob territorialer Ansprüche. Sie sah die Unterschiedlichkeit ihrer eigenen Spezies und sie sah, dass sie nicht freundlich miteinander umgingen.

Alles das war eine Folge des Missbrauchs von Stan. „Ja", sagte Sirilia, „alles das passiert dann, wenn Liebe zu Macht wird. Wenn Liebe vergeht und Macht bestehen bleibt, dann entsteht eine Leere im Handelnden und es geht nur noch um das Prinzip des Beherrschens und der Macht."

Aruna trat ihren Rückweg zur Erde an. Innerhalb weniger Sekunden war sie wieder in ihrem Körper auf ihrem Thron. Sie wusste, was sie zu tun hatte. Stan musste deutlich in seine Schranken gewiesen werden.

Sie ging innerhalb der Pyramide in den Aufenthaltsbereich der Medien. Dort traf sie zwei andere Medienkollegen und erzählte ihnen von ihrem Vorhaben. Die Medien waren in heller Aufregung, denn sie bekamen die Unruhen und das

Kippen der Energien der Lichtschwingungen der einzelnen Völker mit.

Es war bereits zu ersten Tötungen im Reich der Ottus gekommen. Sie hatten sich gegenseitig gesprengt und hatten somit ihre Leiber aufgelöst und ihre Seelen freigesetzt.

Ihre Seelen wanderten nun zwischen den Welten und konnten den Ausgang hin zu den Lichtreichen der freien Seelen nicht finden.

Die Medien versuchten in einem Zustand der Verzweiflung einen Weg für diese Seelen zu finden. Und immer wieder spuckte das Zentralbewusstsein der Atlanter neue Hiobsbotschaften aus. Ein Konflikt hier, ein Streit dort. Der ganze Planet, der ganze Kontinent war in Aufruhr. Diese Energie des Aufruhrs der Wesenheiten setzte sich fort und wurde über das goldene Meister-Gitternetz hineingepumpt in die kristallinen Wälder. Dieses sorgte für eine immense Spannung im Erdkern und der Thron des Steinbocks sagte zu Aruna, es bestünde die Gefahr, dass der Kontinent auseinanderbräche. Denn die Spannungen im Inneren des Planeten würden sich stündlich erhöhen. Er prognostizierte eine große Katastrophe geologischen Ausmaßes, wie sie die Erde noch nicht erlebt hatte.

Kapitel 52

Aruna kleidete sich um. Zwei Dienerinnen halfen ihr dabei. Nein, sie wollte Stan nicht gegenübertreten als Frau, sondern als die Hohe Frau. Sie wollte ihm gegenübertreten, angetan mit den Insignien ihrer Macht und ihres Titels. So hatte sie sich entschieden, ein Festornat anzulegen, in dem ihr kleiner

Körper machtvoll wirkte. Die Dienerinnen taten so, wie ihnen geheißen und kleideten Aruna in ihre Festgewänder ein. Das Gewicht der Gewänder lag schwer auf Arunas Schultern. Doch dies war nichts im Vergleich zu dem, was sie innerlich fühlte. Den Menschen, den sie liebte, musste sie nun in seine Schranken weisen und sie wusste, dass das das Ende ihrer Liebe sein würde. Sie hatte erkannt, dass ihre Liebe für alle Wesen da war und nicht nur für diesen einen Menschen.

Dieses Erkennen gab ihr eine innere Ruhe, aber gleichzeitig fühlte sie auch das bleierne Band des Alleinseins, wie es sich um ihr Herz legte. Das war der Preis, den sie zu zahlen hatte, den sie zahlen musste, um das Gleichgewicht auf dieser Erde aufrecht zu halten.

Aruna stellte sich auf eine Flugscheibe, die für besonders große Audienzen gedacht war. Sie schwebte majestätisch aus der Pyramide hinaus. Sie hatte sich entschlossen, ihr Gefolge mitzunehmen, zwölf Bedienstete ihres Hofes, die die Zeichen der jeweiligen Throne mit sich führten. Sie wollte so auftreten, als sei sie die Essenz, die Symbiose aller Throne zusammen. Und so reiste sie zu Stan.

Stan befand sich inmitten einer Ansammlung seiner Bediensteten auf der Dachterrasse seines Domizils. Er staunte nicht schlecht, als in einer V-Formation Aruna einen Schwarm von Wesenheiten anführte, der sich direkt auf seine Dachterrasse zubewegte. Als sie angekommen war, verneigte er sich höflich und Aruna erwiderte diesen Gruß. Stan traute seinen Ohren nicht als ein gebieterisches „Höre auf!" durch die Luft schallte. Dieses „Höre auf!" kam von Aruna.

Kapitel 53

Die Sonne stand gleißend im Zenit. Lea, Gwendy und eine unübersehbare Anzahl von Elfen und Gnomen befanden sich auf den riesigen Mapo-Feldern und banden die großen Mapo-Blätter an hölzerne Stützen. So etwas war noch nie passiert. Die Mapo-Pflanze ist eine Bewusstseinsform, welche sich selbst stützt und für ihre Bedürfnisse sorgt. „Seit den energetischen Indifferenzen auf dieser Erde beginnt die Natur zu reagieren", sagte Gwen. „Es ist so, als sei die große Göttin verreist und ihr Heim versinkt im Chaos." Plötzlich schloss Lea ihre Augen und fiel in einen tranceähnlichen Zustand. Gwen wusste mittlerweile, dass dieses bedeutete, dass sie Verbindung zu Stans Geist aufgenommen hatte. Gwen gefror das Blut in ihren Adern, denn Lea stammelte das Wort Krieg!

Gwendolyn wusste aus der entfernten Zukunft, was Krieg bedeutet. Sie selbst wusste von den Luftangriffen, die auf Nordengland und Irland geflogen wurden. Sie wusste, was die ferne Zukunft bringen würde. In Atlantis, in einem Land des vollkommenen Friedens, war der Keim des Krieges aufgegangen.

Gwendy kannte all dieses und spürte in sich eine Ohnmacht. Lea wand sich und erwachte. „Es wird etwas Schreckliches geschehen", sagte Lea, „wir müssen sofort in die Heilige Stadt." Sie ließen alles liegen und stehen, gaben noch einige Anweisungen und verließen mit Leas Flugscheibe das Mapo-Feld. Ziel ihrer Reise: die Dachterrasse von Stan.

Kapitel 54

„Was willst du von mir, du kleines Medium. Du bist nicht mehr als eine Frau und dann noch nicht einmal eine richtige. Na ja, für gewisse körperliche Dinge bist du gut zu gebrauchen, liebe Julia, aber ansonsten gehen meine Fantasien in eine andere Richtung." Diese Worte trafen Julia wie ein Hammerschlag mitten ins Gesicht. Sie schmerzten wie flüssiges Blei, das durch ihre Adern gepumpt wurde.

Doch Aruna war sich darüber im Klaren, dass es nun um ihre liebende Macht geht und nicht um ihre persönliche Befindlichkeit. Sie erwiderte ihm: „Höre auf, die Wesen in deinem Lebensraum zu manipulieren über die Energie deines Schmerzes wegen deines geliebten Freundes George, der sein Leben auf so tragische Weise auf dem Mars verloren hat. Dein Verlust ist groß und deine Liebe zu ihm verwandelte sich in Groll, Rachsucht und Härte. Dein liebendes Herz, das Atlantis und mich schützen wollte, hat sich in eine Kloake von gemischten Gefühlen verwandelt und der Gestank der selbigen vergiftet uns alle hier. Du hast es nicht gelernt, lieber Wächter, dein Wächteramt auszufüllen, sondern missbrauchst deine Stellung im seelischen Gefüge der Weltenordnung. Nimm zur Kenntnis, dass die zwölf Throne und ich dieses nicht dulden werden!"

Stan grinste lakonisch. Aruna bemerkte, dass aus dem Haus Wesenheiten verschiedenster Völker auf die Dachterrasse stürmten und sich um Stan scharten. Sie traute ihren Augen nicht. Sie trugen Waffen.

Waffen waren in Atlantis gänzlich unbekannt. Wozu auch? Es gab keine Konflikte und in Atlantis wurde nicht getötet. Außerhalb der Erde hatte es in vielen Äonen kriegerische Auseinandersetzungen gegeben, und Atlantis war ein Beispiel für viele Sternenvölker, dass eine friedliche Koexistenz möglich war. Die Atlanter waren sehr stolz ob des Erreichens dieses Friedensreiches.

Die Waffen, die sie trugen, stammten aus den Werkstätten von El. Es war eine Art energetischer Defibrillatoren, die Energieimpulse aussenden konnten, welche die Muskulatur und die Nervenbahnen der Opfer lähmten und unter Umständen auch töteten, wenn sie das Atemzentrum oder das Gehirn trafen.

Stan hatte sich eine Armee erschaffen und durch die Manipulation der Sonden fühlten sich viele Wesenheiten motiviert, ihr Territorium zu verteidigen. Der gute Gedanke des Schutzes kann schnell in einen Gedanken des Angriffs umschlagen und kann somit nicht mehr als Ausdruck der Liebe betrachtet werden.

Wie schnell das geht, dachte Aruna, dass aus einem liebenden Gedanken so etwas Boshaftes wird. Aus Liebe wird Hass, aus Schutz wird Rache. All dieses entspringt undefinierten Gefühlen.

Aruna erinnerte sich in dieser Situation an die lehrhaften Unterweisungen ihres Lehrers Deklet, der ihr sagte: „Selbst wenn die Absicht lauter ist, muss das Ergebnis der Absicht auf seine Lauterkeit überprüft werden. Ich kann nicht lieben und hassen zugleich. Eine Süßwasserquelle kann kein Salzwasser produzieren, das ist nicht möglich."

Plötzlich fiel sie von ihrer Flugscheibe und ein starker Schmerz erfüllte ihr rechtes Bein. Sie war getroffen.

Kapitel 55

Ein Fauchen erfüllte die Luft. Grün schimmernd, wie ein Falke, stand Deklet in der Luft über der Heiligen Stadt. Seine glutroten Augen funkelten gefährlich und seine goldbelegten Krallen drohten wie rasiermesserscharfe Klingen. „Hört auf", fauchte er. Gwen kniete sich schützend über Aruna. Lea versuchte durch einen Gesang die Energie der Situation zu neutralisieren, was ihr aber nicht gelang.

Der Wille der Wesenheiten, die dort kämpften, war schon zu sehr infiziert von der Energie der Rechthaberei und des individuellen Rechthabens.

Dieses sind die Früchte des Getrenntseins vom göttlichen Gedanken. Das wussten alle Anwesenden genau, aber es war nicht mehr zu ändern. Die Vergiftung des Getrenntseins hatte in Atlantis Raum genommen und zog düster, aber unaufhaltsam ihre Kreise.

Aruna brüllte nur noch „Stan", denn sie sah, wie ein Strahl aus gebündelter Energie Deklets weit aufgerissenes Maul verließ und Stan traf, der wie tot zu Boden stürzte. Dann schoss Deklet herab, griff Stan mit seinen Klauen und zischte wie ein abgeschossener Pfeil wieder in die Lüfte in Richtung des Landes der Rhianis.

„Ich muss ihm folgen", stöhnte Aruna und versuchte sich aufzurichten, doch Gwen drückte sie zurück in ihre liegende Position.

„Bei allem Respekt, Aruna", sagte Gwen „das tust du nicht! Wir werden dieses verhindern."

Inzwischen war es zu verschiedensten Scharmützeln auf dem gesamten Kontinent gekommen. Stan hatte seinen perfiden Plan gut vorbereitet und kleine kriegerische Kohorten in allen Völkern platziert. Alle zwölf Throne und ihre Höfe waren nun in kleine Kampfhandlungen verwickelt, die es überall gab. Sie waren klar in der Defensive, denn Kämpfe und Krieg gehörten in Atlantis in das Reich der Geschichte und der Sagen. Sie standen gut ausgebildeten, kriegerischen Wesenheiten ihrer eigenen Völker gegenüber, die wild entschlossen waren, die Energien der Macht und der Lenkungen lieblos an sich zu reißen.

Kapitel 56

Deklet setzte Stan unsanft ab und löste die paralysierende Energie. „Was hast du getan, du kleines Menschlein? Du hast den Samen gesetzt, unter dem deine ganze Spezies leiden wird. Du wirst verantwortlich gemacht werden für dein Tun. In späteren Generationen werden sie dir den Namen Lichtträger geben und du wirst von allen Menschen gefürchtet sein als Geist, als Dämon. Religionen und spirituelle Schulen werden dich als Widersacher des Lichtes sehen. Du wirst derjenige sein, der aus dem Licht gefallen ist und doch strahlend."

Stan berührten diese Worte nicht. Er war sich seiner Sache sehr sicher. Er war der Einzige, der wirklich wusste und er sah das, was er tat, nicht als böse an. Er wollte das Atlantis, das er kannte, durch seine Aktion schützen und das war nur dadurch möglich, dass er alles kontrollierte. Denn er war der Meinung, dass seine Schwestern und Brüder heute noch am Leben gewesen wären, wenn es auf dem Mars ein Kontrollsystem gegeben hätte. Er erkannte den Irrtum seiner Gedanken nicht.

„Was willst du hier von mir", fragte er Deklet.

„Dich zur Vernunft bringen", zischte der Drache.

„Ich scheine der Einzige in ganz Atlantis zu sein, der vernünftig ist", sagte Stan.

„Nennst du das Vernunft, wenn du Bruder gegen Bruder hetzt und den Schmerz des Verlustes und der Trennung in die Familien lenkst? Nennst du das etwa Vernunft? Wäre es nicht vernünftiger, wenn du damit beginnen würdest, die energetische Manipulation des Wassers zu heilen, welche du unwissend auf diese Erde gebracht hast?"

„Darum sollen sich die Nymphen kümmern! Und wie du schon richtig bemerktest, habe ich von der Infektion meines Lichtschiffes keine Kenntnis gehabt. Meine Aufgabe als Wächter ist es…-"

„Halt den Mund", fauchte Deklet, „du musst mich nicht über die Aufgaben eines Wächters belehren. Ich weiß sehr wohl über den Aufgabenbereich eines hohen Wächters Bescheid. Du hast dein Wächteramt massiv missbraucht und hast diesen Planeten zuerst in ein energetisches und dann in ein emotionales und physisches Handeln geführt. Versuche dieses wieder gutzumachen. Finde Heilung hier im Land der Rhianis. Versenke dich in Kontemplation, gehe in Klausur und suche nach einem Weg, deinen liebenden Kern wieder zu finden."

„Nein", zischte Stan.

Eine Energie der Unsicherheit erfasste den gesamten Planeten. Deklet fühlte das, als er sich auf einer großen Wiese im Lande der Rhianis ausstreckte um ein bisschen Erholung zu finden. Zwei Wesenheiten der Rhianis rieben die Schuppen seines Körpers mit einer Silicea-Lotion ein, welche mit den Gesängen der Nymphen von Malath programmiert war. Diese Lotion führte zur Entspannung der Muskulatur und zum Ausgleich der inneren Kräfte, sodass die Energie des Zellhaushaltes der Muskulatur aus sich heraus für Entspannung sorgt.

Stan hatte man in einer Kristallhöhle der Rhianis interniert, um die Deklet ein Feld der Paralyse gelegt hatte. Dieses Feld verhinderte ein Eindringen oder ein Herauskommen aus der Höhle. Internierungsräume und Gefängnisse waren in Atlantis völlig unbekannt, denn sie waren nicht notwendig – bis zu diesem Tag.

Deklet wusste, dass Stan nicht wirklich die Quelle des Übels war, sondern ein machtvolles Werkzeug in den Händen derer, die versuchten, ihre Spezies neu zu entwickeln, den Grauen!

Kapitel 57

Aruna saß wie versteinert auf einem großen Felsen vor der Wohndruse von Leas Mutter. In ihren Händen hielt sie den Schnitz einer unreifen Mapo-Frucht, die in diesem Stadium besonders köstlich schmeckte. Lea und ihre Mutter versuchten es Aruna so angenehm wie möglich zu machen. Diese Situation war grotesk. Aruna schwankte zwischen Aruna und Julia. Wer würde diesen stillen Kampf gewinnen? Versonnen biss sie in die Frucht und sie wusste, Aruna wird als Siegerin hervorgehen. Der Gedanke daran schnürte ihr zwar ihr Herz, aber sie wusste mehr und mehr, dass nicht ihr persönliches Befinden, sondern das große Ganze ihres Daseins Oberhand gewinnen musste.

Lea brachte Aruna noch ein Glas Pakash-Nektar. „Trink das", sagte sie liebevoll, „das wird dich beruhigen, Hohe Frau."

„Ach lass das, die Hohe Frau habe ich vor den Toren Lemuriens zurückgelassen. Wir sind doch Freundinnen, sag einfach Julia zu mir."

„Das darf ich nicht", sagte Lea, „denn du bist die Hohe Frau und du kannst nicht einfach deine Bestimmung vor den Toren Lemuriens zurücklassen, denn wie jeder von uns bist du mit deiner Bestimmung untrennbar verbunden. Du kannst vor ihr nicht davonrennen! Aber Julia nenne ich dich gerne, denn das zeigt das Band unserer Verbindung über die Zeit." Sie lächelte Julia grinsend an und Julia spürte, wie auch ihr Gesicht sich zu einem licht- und liebevollen Lächeln verzog. Dieses gab ihr Trost in ihrer schweren Situation. Sie wusste in sich, dass sie Stan liebte und ihn immer lieben würde. Sie konnte nicht anders!

Gwen kam vorbei. „Sie haben Stan. Er wurde bei den Rhianis festgesetzt und von Deklet zu einer „Diktator-Zwangspause" verdonnert. Er wurde in der Kristall-Höhle der Rhianis festgesetzt und Deklet lässt anfragen, ob du, Aruna, jetzt die Umprogrammierung seines Gehirns vornehmen wirst?"

Im Inneren erstarrte Julia zu Eis.

Kapitel 58

Stan saß in seiner Kristall-Höhle und grollte. Der Hass in ihm entwickelte sich zu einer süßen Köstlichkeit, die mehr und mehr in seinem Gemüt Raum nahm. Alle seine Unterweisungen durch Seraphis, alle seine lichten Entdeckungen in den universellen Weiten des Lichtes, sie waren wie aus ihm gelöscht. Er dachte darüber nach, wie er diesem Gefängnis entfliehen konnte und er ahnte nicht, welches Schicksal ihn durch die Hand von Aruna ereilen sollte. Aruna war in seinem Inneren zu seiner Feindin geworden. Julia war die Frau, die er liebte. Welch ein böses Spiel des Schicksals, dachte er.

„Nein, das werde ich nicht tun", hörte Julia sich sagen. „Damit bediene ich das System der Sonden. Eine Manipulation ist durch eine weitere Manipulation nicht aufzuhalten. Ich möchte Deklet sprechen." Plötzlich kehrte in sie, in ihrer Lethargie, wieder eine Kraft des Handelns zurück, die sie vermisst hatte. Sie machte das Mudra ihrer rechten Hand, welches ihr Symbol aktivierte und nur Sekunden später war ihr Gefolge vor der Wohndruse. SIE war die Herrscherin und das würde sie jetzt beweisen!

Kapitel 59

Deklet staunte nicht schlecht, als am Firmament das Siegel des Widders auftauchte und dahinter Aruna mit ihrem Gefolge. Aruna trug noch immer ihre Prunkgewänder und ihre Flugscheibe landete vor Deklets Nase. Er richtete sich auf und verneigte sich ehrfürchtig vor der Herrscherin. Er erschrak, als Aruna ihre Rede begann:

„Ich erwidere deinen Gruß, alter Lehrer, du hast mir viel beigebracht und ich danke dir dafür. Doch dem Wunsch deiner Depesche werde ich nicht folgen. Die Persönlichkeit eines Menschen auszulöschen und sie durch eine Neue zu ersetzen scheint ein einfacher Gedanke zu sein und die Sinnhaftigkeit erscheint verlockend und auch die daraus resultierenden Möglichkeiten. Doch mein Entschluss ist: Nein, ich werde dieses nicht zulassen. Und denke nicht, ich tue das aufgrund meiner Liebe zu Stan, nein, das ist es nicht! Du lehrtest mich einst, dass das liebende Bewusstsein über Allem ist und ich werde nicht den gleichen Fehler begehen, den Stan in die Tat umgesetzt hat. Ich manipuliere nicht, sondern ich vertraue hier der Heilkraft der unpersönlichen Liebe. Du lehrtest mich, die Absicht kann lauter sein, aber man solle auch das Ergebnis im Auge behalten und ich benötige keinen persönlichkeitsgewaschenen und unpersönlichen Diener in Fleischeshülle an meiner Seite. Er ist und bleibt der oberste Wächter des Widder-Throns. Sicherlich kann mein Hof ohne diesen obersten Wächter leben, aber es würde immer eine Lücke bleiben."

Deklet hörte sich die Rede von Aruna an. Zu Beginn der Ausführung wollte er widersprechen, doch er erkannte schnell, dass sie recht hatte und ein warmes Gefühl des Stolzes auf seine ehemalige Schülerin machte sich in seinem Herzen breit.

Er erwiderte: „Deine Worte, Aruna, berühren mein Herz und ich erkenne die Sinnhaftigkeit in ihnen. Jetzt bist du endgültig in deiner Herrschaft angekommen. Du entscheidest über das Schicksal von Stan." Er verneigte sich noch einmal und in Aruna machte sich ein Gefühl von Liebe zu ihrem alten Lehrer breit.

„Diese Worte sind dir nicht leicht gefallen, alter Drache", sagte sie scherzhaft, „aber ich spüre die wohlwollende Energie deiner Liebe zu mir, doch brauche ich dich jetzt um eine Entscheidung zu treffen."

Lange beratschlagten Deklet und Aruna über das Schicksal von Stan. Sie entschieden sich, Stan von Deklet und einigen Rhianis von der Erde fortbringen zu lassen hin nach Malath, wo Stan sich einer Heilbehandlung unterziehen und von Deklet geschult werden sollte, damit er erkennt, was er getan hat.

Mittlerweile war offensichtlich geworden, dass Stan nicht wirklich die Kontrolle über die Sensoren um die Erde herum hatte. Diese wurden von einem mystischen Eigenleben erfüllt, welches aber nicht mystischen Ursprungs war, sondern eine geschickt perfide Lenkung darstellte, die von den Grauen ausging. Das Programm der Disharmonie und der Trennung war zu einer sich selbst befruchtenden Schimäre geworden, die sich dem Einfluss der lichten Lenkungen von Atlantis mehr und mehr entzog.

Auch Stan spürte dieses und seine anfängliche Selbstsicherheit wich einer tiefen Depression.

Kapitel 60

Wie ein gefangenes Raubtier lief Stan in seiner Höhle von links nach rechts und zurück. Eine Heilerin der Rhianis hatte ihn von Arunas und Deklets Entschluss erzählt. „Also verbannen will sie mich, die Ausgeburt einer Schlampe", tobte er. „Mich meiner Position und meiner Titel berauben, das will sie, diese kleine Alleinherrscherin." Wütender Schaum trat aus seinen Mundwinkeln. Er brüllte. Die Heilerin versuchte ihn mit ihrem Celenit-Stab zu beruhigen, was er nur widerwillig über sich ergehen ließ. Aber die Wirkung des Celenit trat bald ein und sein Inneres, sein vergiftetes System kam mehr und mehr zur Ruhe.

Aruna und zwei ihrer Dienerinnen suchten Stan auf. „Da bist du ja, du Biest", fauchte Stan Aruna an. Julia trafen diese Worte wie Schwerter, doch Aruna reagierte unberührt.

„Du weißt Bescheid, Stan", sagte Aruna, „die Heilerin hat dich informiert. Am heutigen Nachmittag wirst du mit Deklet und einem von mir zusammengesetzten Gefolge die Erde verlassen und nach Malath fliegen. Dort werden deine Ebenen Heilung erfahren in deinem atlantischen Rückzug."

„Ihr werdet mich binden müssen, um mich hier herauszukriegen! Ich werde nicht freiwillig mitgehen!", fauchte Stan. Aruna nahm all ihren Mut zusammen und ging auf Stan zu. Sie umarmte ihn und seltsamerweise spürte sie, wie der Druck in Stan wich. Er erwiderte ihre Umarmung und Aruna spürte, dass ihr das immer noch gefiel, trotz allem, was geschehen war. Plötzlich klammerten sich beide wie Ertrinkende in einer rauen See aneinander. Durch das Ritual der Vereinigung der Herzen waren sie eins geworden und in der Stunde der Trennung erlebten sie ihre größte energetische Einheit.

„Ich liebe dich", flüsterte sie ihm ins Ohr."

„Ich dich auch", antwortete Stan und beide wussten, dass dieses eine stabile Grundlage für zukünftige Welten sein würde.

EPILOG

Surrend erhob sich das Lichtschiff mit seinen Passagieren an Bord in Richtung Malath. Aruna und ihr Gefolge nebst Lea und Gwen schauten dem Lichtschiff lange hinterher. „Eine gute Seelenreise", sagte Lea, „und vollkommene Heilung", fügte Gwen hinzu. Die Schicksalsgemeinschaft der drei Frauen nahm sich an den Händen. Alle drei fühlten eine tiefe Verbundenheit.

Das Leben in Atlantis war nicht mehr, wie es vorher war. Zwar konnten die Scharmützel in den einzelnen Völkern zum Stillstand gebracht werden, doch der Samen der Trennung war gesetzt. Der Schmerz der Trennung nahm in den Bewohnern von Atlantis subtil immer mehr Raum ein und machte auch vor den Medien nicht Halt.

Dieses führte dazu, dass diese sich über Gegenmaßnahmen Gedanken machten. Und die Medien von Atlantis entschlossen sich mit den Weisen der Völker die Alleinheit des geheilten Atlantis in einen neuen Ausdruck zu bringen: in die Erschaffung des Menschen!

Doch das ist eine andere Geschichte.

Übung I

Gwendys Initiation

Seid in der Gewissheit, Schüler des Lichtes, des Aufgenommenseins und des Geborgenseins. Seid in der Gewissheit, dass das große Ganze euch stets, immer und überall und immerwährend umgibt, auf euch achtet und euch somit schützt vor allem Unbill eurer Inkarnationen. Ich möchte euch heute eine Übung mit auf den Weg geben, eine Übung, welche ich „Gwendys Initiation" nenne. Eine Übung, welche die Zentrierung auf das eigene Ichbewusstsein der Seele fokussiert. Diese Übung kann als Zentrierungsübung verstanden werden, ist jedoch weitaus mehr. Es ist eine Übung zur Verinnerlichung und zur Vernetzung der Seelenebene mit deinem emotionalen Selbst.

- Sieh dich stehend in einem wunderbaren Kreis aus 12 gigantischen Menhiren, Steinen aus einer alten Zeit, ähnlich des Gebildes Stonehenge, das du vielleicht von Bildern kennst oder das du vielleicht sogar einmal persönlich besuchst hast.
- Im Zentrum dieser Menhire erfüllt eine aus weißen großen Flusswackersteinen gelegte Spirale den Platz, eine Spirale, die zum Zentrum dieses Kreises führt.
- Dort stehst du. Stell dir dieses bitte ganz genau vor.
- Dann verbindest du dich mit dem Licht deiner Seele, mit deinem Seelenthron.
- Nun fokussierst du dich auf dein Stirnchakra, auf dein 3. Auge.

- Du stellst dir vor, wie ein goldener Strahl aus deinem 3. Auge an den äußeren Rand der Spirale strahlt und Stein für Stein dieser weißen Wackersteine in ein goldenes Licht einhüllt, solange bis du bei dir selbst im Zentrum dieser Spirale angekommen bist.
- Atme dabei tief und gleichmäßig und erlaube dir jeden einzelnen Stein dieser Spirale genau zu betrachten. Diese Steine symbolisieren Ereignisse in deinem Leben, die dich sehr beschäftigt, sehr bewegt haben. Es können Geheimnisse deiner Familie sein, es können freudvolle oder auch leidvolle Erfahrungen sein, Verluste, die du vielleicht erlitten hast oder besondere Glücksmomente, die du in deinem Leben erfahren und gespürt hast.
- Nimm dir hierfür genügend Zeit und spüre, wie du innerlich immer gefestigter, klarer und weiter wirst. Enthalte dich jedoch während dieser Übung einer persönlichen Bewertung dieser Ereignisse, denn begreife: Alles ist nur Energie. Deine Bewertung ordnet diese Energien ein, und so kommt es zu Folgemanifestationen und Folgebewertungen. Deshalb sei mutig und bewerte nicht. Nimm Energien als das, was sie sind - reine Energien.
- Wenn du im Zentrum der Spirale angekommen bist, erlaube, dass du von deinem Solarplexuschakra einen gelben Strahl nach oben durch dein Kronenchakra in die Unendlichkeit sendest und einen ebensolchen Strahl von deinem Solarplexuschakra über dein Basischakra in das Innere der Erden.
- Lass diese Energie für einige Sekunden fliessen. Dann ist diese Übung „Gwendys Initiation" beendet. Sei im Segen.

Übung II

Stans Sternenfahrt

Jeder Gedanke ist ein Gedanke der Kraft, sei es ein lichter Gedanke oder ein Gedanke des Schattens. Dies ist Lady Nada, die zu dir spricht, Schüler des Lichtes, und ich möchte dich willkommen heißen zu einer Übung, die Bezug nimmt auf den Roman, den du vielleicht gelesen hast. Diese Übung nenne ich „Stans Sternenfahrt". Die Klarheit der Gedanken, die Reinheit deiner Gedanken ist maßgeblich erforderlich, um in deiner eigenen Spiritualität Bewusstsein auszubilden, und dies in deiner eigenen Kraft der Verbindung hin zur Quelle-Allen-Seins. Dein Gehirn ist ein wunderbarer Mechanismus aus elektromagnetischen und chemischen Prozessen, die es dir in einem Zusammenspiel der göttlichen Ordnung ermöglichen, dich als Individuum, dich als Ich-Bin zu verstehen und darzustellen.

- Auf deiner Stirn befindet sich ein achtstrahliger indigo-blauer Stern.
- Stelle dir vor, wie dieser Stern nach innen in deinen Kopf wandert.
- Siehe, wie dieser Stern auf Höhe deines Stammhirnes zum Stillstand kommt.
- Dann verbindest du dich mit deinem göttlichen Hohen Selbst und die Energie deines Hohen Selbst formt diesen Stern zu einer Lapislazuli-Kugel in deinem Kopf.
- Diese Kugel beginnt in deinem Kopf hin und her zu rollen, so als würde sie auf einer liegenden Acht auf einer vorge-

gebenen Bahn die linke und rechte Hemisphäre deines Gehirns umkreisen.

- Diesen Zustand hältst du für einige Minuten.
- Dann stoppt die Kugel und wie durch einen inneren Kanal fällt sie von deinem Stammhirn ins Herzzentrum.
- Dort im Tempel deines Lebens brennt deine goldene Lebensflamme.
- Stelle dir vor, wie diese blaue Kugel in dieses goldene Feuer fällt.
- Dabei transformiert sich die Kugel in ein goldenes Licht. Die blaue Kugel wird zu einer goldenen Kugel, die gleißend hell wie die Sonne strahlt.
- Diese Kugel ist nun energetisiert mit deiner Lebenskraft.
- Nun steigt sie auf und nimmt Raum in deinem Stirnchakra und beginnt dort zu strahlen. Sie bestrahlt den Apparat und den Ablauf deiner Gedanken und energetisiert sie mit Lebensenergie, Lebenskraft. Das, was dunkel war, wird in dir hell, das, was trübe war, beginnt sich zu klären und das, was tot war in dir, wird lebendig. Sei im Segen.

Übung III

Der Flug des Deklet

Sei willkommen im Lichte der weißen Flamme, dieses ist Seraphis Bey. Schülerin und Schüler des Lichtes, erhebe dich über die Dinge, die dich binden in Gedanken und Gefühlen, verändere deine Sichtweise und verändere deinen Umgang. Diese Übung nennen wir den „Flug des Deklet".

- Siehe dich selbst stehend in einer Situation deines Lebens, welche dich in deinem emotionalen oder mentalen Feld massiv beschäftigt.
- Verbinde dich mit deinem Hohen Selbst.
- Stelle dir vor, wie du zu schweben beginnst und wie du an Höhe gewinnst.
- Siehe, wie du die Situation überblickst und wie sich die Konturen deiner Sichtweisen auf die Situation verändern.
- Nimm dieses neue Bild in dich auf und ziehe es in deinen Solarplexus.
- Von dort aus lenke in der Kraft eines Gedanken diese Energie hinein in dein Herz, auf dass es Licht werden möge in all deinen Körpern und du einen anderen Standpunkt, Blickwinkel verinnerlichst, auf dass göttliche Kreativität in dir Raum nehmen möge alle Zeit, auf dass dein Aufstieg ein lichter sei. Dies ist Seraphis Bey.

Zeitfracht Medien GmbH
Ferdinand-Jühlke-Straße 7
99095 Erfurt, Deutschland
produktsicherheit@kolibri360.de